蒙地写意

巴义尔 著

民族出版社

目录

美丽其格

《草原上升起不落的太阳》

53—45

从苏联回来之后，美丽其格在内蒙古民族剧团担任作曲、指挥、创作室主任，副团长等。由于是在剧团，所以主要写歌剧如《达那巴拉》、《韩玛》、《满都海》、《草原烽火》等。加上一些歌曲作品，总共有200多首（部）作品。还出版过歌曲集。文革中没少受折磨。

值得骄傲的是，他的儿子呼德，如今任内蒙古歌舞团交响乐队指挥，继承了父亲的天赋，在全国首届指挥大赛中获第四名。比赛取前六名，只有呼德是少数民族。

也许，这是美丽其格的又一得意作品。

（3）

1997 年美丽其格在家中

“蓝蓝的天上白云飘，白云下面马儿跑”，对草原的描绘简练至极。这首歌从1952年出世至今已被广泛传唱，不仅把成千上万的人们带入了苍天碧野之中神游，也造就了无数的歌唱家。是作品太好听了还是草原太迷人了？或许都是。

唱了听了还不过瘾，一定要见见她的缔造者、词曲家美丽其格先生。

要是有人来问我
这是什么地方？
我就骄傲地告诉他
这是我的家乡

“我的家乡”美极了，就像“一条大河”一样，每个人心中都有一条“波浪宽”的家乡大河。

在一个对内蒙古来说是极普通的牧区，傍晚，牧人们赶着羊群牛群回来了，牛羊按捺不住回家的喜悦高声叫着唱着，主人似乎也在那瞬间忘掉了一天的疲劳，唱着歌来抒发他的全部感情。此时，他又像歌唱生活，同时又像在传达一个信号：我回来了！可有茶喝？可有肉吃？妇人们三三两两收起针线活，结束了一天的地毯上的交谈，该回去迎接各自的男主人了。孩子们欢天喜地抓住一只羊或一头牛犊就要骑，当然多半是被摔下来。羊群从东边回来，牛群可能从西边回来，夕阳下飞扬的尘土伴着此起彼伏的大合唱，此时你再也不会有别的形容词：这就是牧人交响曲，它的诞生地只能是在草原上。这支交响曲，亘古延绵从未间断……

我们的词曲家美丽其格就生活在这样一个地方。他是内蒙古科右前旗人，养育他的那片土地属于著名的科尔沁草原。姥姥给他唱的摇篮曲至今难忘。美丽其格这个名字也是姥姥给起的，它的含义是什么呢？很遗憾无法找到相应的形容词。大体描述一下：一泓湖水明亮如镜，溢而不洒，没有一丝水纹；熟睡的宝贝一脸的安详宁静，让你无法大声喘息……美丽其格这个名字就是形容这么一种景象。

爱好唱歌跳舞的美丽其格 19 岁时考入了内蒙古文工团任演奏员。那个时候，专业团体与民间艺人的往来非常密切，他兼任团内的民间艺人组组长，因此有了机会到草原采风。这是一个极重要的机遇。在内蒙古艺术界都知道，有位拉潮尔、马头琴的大师色拉西先生，当今许多马头琴演奏家如齐·宝力高等都尊他为师祖。美丽其格一次在沈阳听了色拉西先生的唱片后就慕名找到他拜师。还有一位四胡演奏家叫孙良，还有一位叫“瞎子铁钢”的民间艺人，能同时拉两把四胡！如果不是美丽其格亲眼看到绝对不会相信。这样几位大师熏陶着美丽其格，使他身在专业团体，却被同事们送个外号：半个民间艺人。

1951 年，聪明帅气的美丽其格考入了中央音乐学院，那时中央音乐学院在天津。1952 年，学校布置作业，要求每个学生拿出一首作品在“学生作品演唱、演奏会”上展示。24 岁的他倾注了一个蒙古族青年的全部感情，《草原上升起不落的太阳》诞生了。这里面有他对家乡民族的热爱，有对游牧生活的眷恋，更有新旧社会对比之下的感激之情。

这支歌甫一唱出即如一股清泉流入心田，人们刚刚从抗日歌曲、解放歌曲、革命歌曲的铿锵中走出来准备开始和平的新生活，这首歌的抒情性和它对草原安静的描绘使无数人产生了向往之心。在中央音乐学院的惯例是，一首歌若受欢迎，就唱第二遍，而这支歌被连续演唱了三遍才得以谢幕！一时间，整个天津都传遍了。报刊、电台、同学们争要曲谱，美丽其格忙得不亦乐乎。

歌曲创作无非是先有词后谱曲或先有曲后填词，而美丽其格却是连词带曲脱口而出，“尤其是第一段，那生活我再熟悉不过了”。很多搞创作的人都知道，创作都有一个释放生活积累的最佳时机或曰灵感。写这支歌时，美丽其格同样积累在先。

“1950 年是第一个国庆节，全国各省市自治区都派代表团到北京，内蒙古和其他民族地区代表团也一样，除了正式代表团外还有个附属团——文工团。新中国刚刚成立时，人民是那样地激动。毛主席等老一辈革命家在北京饭店逐个地接见，轮到内蒙古团时，无论大人小孩逐一握手，那掌声欢呼声都是发自肺腑的，要多真挚要多纯朴就有多少。我和色拉西大师等向毛主席敬酒，我当翻译。那一夜我没睡着。”

美丽其格以他不太深厚的汉语底子醮着纯洁的感情连夜写了一首诗：《举杯祝福毛主席》。第二天新华社、人民日报社记者来访，这首小诗被团长拿给记者们看，不想几天后发表在

《人民日报》上。从1956年后，这首诗入选全国小学语文课本第五册直到1966年。小学语文老师在给学生们讲：……这首美好的诗出自一位内蒙古大草原的美丽姑娘之手……至今仍有许多人不知美丽其格是男是女。我说大概是您的名字太美丽了，美老师抿着他那翘胡子开心地笑了起来。

接踵而来的是各种鲜花和荣誉。当时为这支歌伴奏的是杜鸣心教授（作曲家、《红色娘子军》作曲者）。在1954年的《全国群众歌曲评选》中获一等奖，1989年获“建国四十年来唤起我美好回忆的那些歌”优秀作品奖。其他大大小小的奖项更是数不清。

还在中央音乐学院上四年级时，他就考取了留苏生，被派往莫斯科音乐学院学习。1958年回国后在内蒙古民族剧团从事创作及领导工作。现今的著名作曲家、指挥家吴祖强、李德伦、严良堃等都是他的同班同学或校友。

经典的形成也经历了风雨。由于这首歌太流行了，人人都会唱，在内蒙古更是家喻户晓。在牧区人们用蒙古语唱，蒙古语表达出来是那样的流畅，以致人们误以为是用蒙古语写的，其实原作是用汉语写的，由蒙古族诗人纳·赛音朝克图翻译过来流传至今，译文流畅押韵，完全分不清是翻译版还是原创版。人们熟悉了，唱得多了就以为是民歌，在一次“中国民歌大成”的收集过程中也把它收了进去，直到快付印时，才发现此歌是现代创作歌曲。

“文化大革命”中，这首歌歌词也被改了。“白云飘”改成

"红云飘"，"百鸟儿齐飞翔"改为"战歌更嘹亮"……在20世纪70年代出版的《战地新歌》中可见此景。拨乱反正后才恢复了原貌。改歌词在那个年代是经常的事儿，比如胡松华演唱的《赞歌》，歌词多次被改。可见旋律的生命力是强大的。

音乐是个奇妙的东西。再好的歌词倘若念出来也难以撼动人心。而作曲家似乎在用那小小的音符拨动你的心弦，让你和他产生共鸣，再让所有的共鸣汇成一首大合唱，久久回荡在我们生活的上空。不仅民众喜爱，歌唱家也乐此不疲。

中国的男高音歌唱家不少人都唱过这首歌。楼乾贵、朱崇懋、刘秉义等都多次唱过。而唱的时间最长、对其感情最深的就是男高音歌唱家吴雁泽了。曾是中国歌剧舞剧院院长的吴雁泽对这首歌情有独钟。"我从当学生时就喜欢这首歌，那样一种民族性格、那样一种感情的抒发，我觉得它不仅唱出了蒙古族人民的心声，还唱出了中华民族的心声。它表现了蒙古族刚中有柔、柔中有刚的那样一种性格。""文化大革命"后，吴雁泽在演唱这首歌时就处理了一下，把"白云下面马儿跑，挥动鞭儿响四方"两句连起来唱，结尾又是一个"大跳"，把草原的辽阔和对新生活的赞美体现在一种新的唱法中，这样的处理也得到蒙古族歌唱家拉苏荣等人的赞同。观众也都非常喜欢这支歌，对吴雁泽本人来说，这也是他的保留曲目之一。吴雁泽1964年毕业于中央音乐学院，出生于山东淄博，却在武汉工作了30年，后来从湖北调任中国歌剧舞剧院任院长、中国音乐家协会常务副主席、中国文联副主席等。这首歌不知被他唱了多少遍，因为“太阳每天都是新的”。到哪里接受采访，吴雁泽都是首提这支歌曲，每每还当场演唱。

1992年，由中华民族文化促进会发起主办了《二十世纪华人音乐经典》大型系列活动。在这次音乐长廊中展示了中华民族一个世纪来的音乐精品，受到了海内外音乐界及爱好者的广泛关注，评选出的124首（部）作品中不乏《牧歌》《彝族舞曲》等少数民族题材，当代少数民族作者创作并且表现民族题材的作品就是这首《草原上升起了不落的太阳》。

从苏联回来之后，美丽其格在内蒙古民族剧团担任作曲、指挥、编导室主任、副团长等。由于是在剧团，所以主要写歌剧如《达那巴拉》《莉玛》《满都海》《草原烽火》等。加上一些歌曲作品，总共有200多首（部）作品，多次获业内大奖，还出版过歌曲集。

值得骄傲的是，他的儿子呼德继承父亲的天赋，担任内蒙古歌舞团交响乐队指挥，在全国首届指挥大赛中获第四名，比赛取前六名，只有呼德是少数民族。也许，这是美丽其格的又一得意作品。

我到过美丽其格先生家里几次，听他讲故事，看他青年时代的照片，西服领结、闪亮的头发，都是那个年代的视觉符号。我相信，帅气富有才华的美老师，必定是艺坛的宠儿。他还拿出一把完全没有油漆的古老木琴：潮尔，上面没有马头雕刻，琴杆和琴箱已经很旧了，但是可以演奏。美老师说：“这是著名的潮尔大师色拉西先生亲手制作的，他用了很多年之后送给我，成为珍贵的纪念品，如果有音乐博物馆的话，这应该也是难得的文物吧?”我请他演奏着，拍下了照片留念。

美丽其格的另一大贡献，就是复兴蒙古族古老乐器“潮尔”。潮尔与马头琴同源，潮尔流行于科尔沁地区，之后分别发展成为两种乐器，现在看起来马头琴的分布面积和流行程度更广泛。而色拉西先生正是潮尔大师，美丽其格跟随色拉西多年，不仅学会了演奏潮尔，也深知这种古老乐器面临的危机。于是，美老师多次向当时的内蒙古自治区有关部门和领导呼吁，终于获得支持。2006 年开始立项投资，由内蒙古艺术创作中心主办、内蒙古民族歌舞剧院民族乐团承办的第一期色拉西潮尔艺术培训班于当年 11 月 20 日在内蒙古文化大厦举行了开班典礼。美丽其格、莫日吉胡、齐·宝力高、阿拉腾奥勒等著名音乐家参加了典礼。培训班学员共 20 人，由已故潮尔大师色拉西的弟子、年近八旬的老艺术家美丽其格以及著名潮尔演奏、研究家布林（内蒙古电视台副台长）先生执教。2007 年在内蒙古艺术学院举办“潮尔大师色拉西诞辰 120 周年暨潮尔艺术研讨会”。2009 年在内蒙古艺术学院开办“内蒙古自治区潮尔艺术传承人培训班”，集中了全自治区的近 40 位艺术家封闭培训 40 多天。内蒙古潮尔协会成立，布林担任会长，美丽其格担任名誉会长。潮尔也列入国家级非物质文化遗产代表性项目，从此形成了良好的趋势，各地的培训班先后开办，人们开始重视潮尔和马头琴的异同，开始了民族乐器的复兴之路。

“文化大革命”期间，我曾经在草原上生活过一些年，旷野中常常一个人边走边唱，那时许多优秀歌曲被打入冷宫，但这首歌却得到无数人的喜爱，更借助草原红色轻骑兵——乌兰牧骑的广泛传播，加上它蒙汉双语歌词俱佳，谁都可以唱，因此成为几十年来从未中断过的名曲。现代的很多歌词也很难超越“蓝天、白云、家乡、骏马”这些关键词，这首歌以鲜明的时代特征和民族元素表达了民众淳朴的情感，成为内容和形式完美结合的经典。我唱着听着这首歌成长，又见到了它的缔造者，真是美妙无比。

色拉西

潮尔大师

色拉西：潮尔大师

从我听说色拉西这个名字时就认为他是马头琴大师，许多人士和许多报章上也是如此介绍。而我开始要写他的时候才知道，原来他是“潮尔”大师而非马头琴大师。

一直以来我也认为潮尔是马头琴的前身，却原来潮尔是一种乐器，它流行于哲里木盟、兴安盟等地的民间，至今还能见到它的踪影，它很近似于马头琴，但是在两点上完全不同：一是定弦不同，潮尔是四度定弦，马头琴是五度定弦；二是演奏法不同：前者是用指尖按住弦，后者是用指甲往外顶和弦。马头琴流行的范围远比潮尔要广泛，历史也要长。

色拉西大师已于1967年文革时作古，但因

色拉西先生在辅导学生

从我听说色拉西这个名字时就认为他是马头琴大师，许多人士和许多报刊上也是如此介绍的。而我开始要写他的时候才知道，原来他是“潮尔”大师而非马头琴大师。

很长时间里我也认为潮尔（抄兀尔、楚尔、绰尔）是马头琴的前身，实际上它是另一种乐器，流行于内蒙古哲里木盟、兴安盟等地近似于马头琴，二者同源，但有区别。

内蒙古电视台原副台长、非物质文化遗产马头琴音乐国家级代表性传承人、马尾胡琴研究和演奏专家布林说：

提起潮尔，很多人可能都还比较陌生，潮尔主要是在科尔沁部落与英雄史诗相依共存沿革发展至今的马尾胡琴类乐器群一分子，因为其形制与浑厚沧桑的声音较之马头琴更显古老而被误认为是马头琴的鼻祖，其实潮尔、马头琴皆属北宋文献所记载的“马尾胡琴”分流形成的同类乐器。潮尔是正四度即高音弦在左、低音弦在右，马头琴虽然也是四度，可是高低音弦的左右位置和潮尔正相反。马头琴有顶指演奏法和泛音演奏两种演奏法，而潮尔是以握姿摁弦。

现代马头琴和潮尔均属蒙古族马尾胡琴类乐器。潮尔流传于科尔沁地区，马头琴特别是现代在马尾胡琴类乐器中流行最广、知名度最高。

色拉西大师已于 1967 年“文化大革命”时作古，但同时代的人还在，学生和同事还在，对潮尔的认识和传承还在。著名作曲家美丽其格与色拉西先生共事多年，并对潮尔很有研究，我听到的有关潮尔和马头琴的论述首先来自于他。美丽其格先生还是复兴潮尔的功臣，在他的多次呼吁倡导下，内蒙古自治区有关部门多次举办潮尔培训班，如今已经形成气候，人们看到濒危的民族乐器如此复兴，非常欣慰！

色拉西先生出生在一个“潮尔齐”（意为潮尔的演奏者）世家，在当地很有名，甚至在演奏法上有些诀窍是不外传的。他的家乡是原哲里木盟科左中旗，琴手的生活并不富裕，谁家里有欢庆的时刻便请潮尔齐上门演奏，王爷家里也常请潮尔齐去演出。大部分日子过着流浪艺人的生活。他是宝龙山镇哈拉图塔村人，是潮尔世家第五代传人，自幼受其祖父、父亲、同胞兄长的传帮带，19 岁就开始先后拜仁沁、那顺铁木尔等民间潮尔高手为师，经几十年的锤炼，潮尔的演奏技巧及其艺术表现力已经很高了。

色拉西先生没有上过学，但记忆力和对艺术的悟性极好。众人知道他是琴手，但琴手是要懂得许多故事和歌曲的，而且全凭记忆。19 岁时他曾在莫力庙里当喇嘛，实际上是掌勺的，当地人管喇嘛叫“玛玛”，所以也叫他“潮尔齐玛玛”。他演奏的多是蒙古族民歌，还能拉四胡说书。

他生于 1887 年，到 1949 年时他已是 62 岁的老人了。这个在今天看来该退休的年龄对色拉西先生来说却是新生。内蒙古文工团是全国省级文工团中历史最长的一个，它成立于 1947 年，吸收了许多著名的民间艺人，色拉西先生就是那时加入文工团的，他所在的组是民间文艺组，美丽其格是组长。曾经参加过这个团的一批年轻人后来都成为著名的艺术家：玛拉沁夫、恩和森、斯琴塔日哈、乌日娜、达木林、宝音巴图等。1949年他进入文工团后次年便随团进京为建国一周年演出，受到毛泽东、周恩来等领导人的接见。

1955年他参加了全区文艺汇演，演奏了29首民间乐曲，荣获一等奖。1957年9月他和铁刚等一批老艺术家应邀到新成立的内蒙古艺术学校（今内蒙古艺术学院）任教，旨在培养下一代。1962年是色拉西先生从艺65周年，内蒙古音乐家协会、内蒙古舞蹈家协会、内蒙古艺术学校三家联合举行隆重的庆祝大会，以表彰他为民族艺术发展所做的贡献。在这次会上，桑都仍、敖特根巴雅尔、包金山、舍旦、阿民乌日图、达瓦、西日莫正式拜色拉西为师。

实际上，色拉西作为一名优秀的艺人，从未中断过对年轻一代的培养。入文工团时，团里就有年轻人跟他学习潮尔艺术，美丽其格就是其中之一。1954年他受聘到东北音专任教一年。在艺术学校，他考虑到学生们还要上文化课，便对学生们说，你们白天上文化课吧，我晚上教你们。据色拉西先生的后人敖其尔回忆，他对学生们极好，不仅在艺术上毫无保留，在生活上也尽力关照。20世纪60年代困难时期，色拉西、毛依罕、宝音德力格尔、斯琴塔日哈等艺术家仍能享受到政府的特殊关照，工资可达195元，在糖烟肉蛋等方面也有特殊供应，因此到他那里学习的学生们总是有烟抽，也有点酒喝。让敖其尔最感动的一幕是，先生曾有一把纯银鞘的蒙古刀，每次演奏时将它插在琴上，在教一位锡林郭勒盟来的学生时就送给了她。

色拉西先生演奏的多是蒙古族民歌、民间乐曲，主要有《巴音》《荷云花》《天上的风》《雁》《诺力格日玛》《兄嫂》《穆色烈》《秀英》等，还创作了《那仁格日勒》。他有着自己独特的演奏法如“科尔沁演奏法”，讲授过“泛音演奏法”“单音演奏法”“五变音演奏法”等。曾任内蒙古艺术学校校长的莫尔吉胡评论道：色拉西先生充分发挥了琴的音色，低沉柔和又充满着史诗般的声响。歌唱性也是他演奏风格的另一重要特征。色拉西说：“我每次拉琴都想起了过去苦涩的日子，我觉得人家听我的音乐时好像也在回想着自己的悲哀而难过着……每次拉琴都是心在歌唱……我的琴声好像变成了一条皮鞭，狠狠地打在他们的心灵上。”

对于色拉西的许多见解，莫尔吉胡认为，它是“我们民族音乐理论的重要组成部分之一，仔细地分析研究将会对我们从事艺术工作的同志有很大好处”。

一脸长须，一身长袍，色拉西的这副形象已深深地印在了人们的脑海中。他话很少，出门也少，冬天炉子上放着茶杯，里面是哲盟人爱喝的红茶，偶尔还有点酒，他喜欢散步，从不坐车，扎着裤腿，步伐很快，孩子们有时跟不上。他带着孙子敖其尔走遍了呼市的大街小巷，由于不识字，便让敖其尔指给他念，而到了寺庙里，便轮到他给小孩子讲了，哪个是什么佛，哪尊是什么神等。他所以愿意散步是喜欢新鲜空气，他还留恋草原，年轻时他背琴走四方，很早就出了名，以至于日本人侵略中国时也发现了他的才能，硬是拉到日本灌制了唱片。当年苏联红军进来时，有位将军让他拉琴，忧伤的曲子让将军流了泪。1960 年德高望重的色拉西当上了内蒙古文联副主席、内蒙古音舞协会主席。

1967 年，80 岁的老人经不起折磨，曾得过脑血栓的色拉西先生于 7 月 14 日去世，忧伤的曲子终止了回响。遵照他的遗愿，家人把骨灰撒在了呼和浩特市南面的大黑河中。

色拉西大师是使马尾胡琴由近千年的口传心授方式一跃登上学校课堂教学的开创者。色拉西大师逝世的时期正值“文化大革命”，加之当时社会上种种客观原因，导致科尔沁潮尔由 20 世纪 50 年代的辉煌鼎盛急速衰落，到 20 世纪末已濒临失传。

2006 年末，色拉西大师在新中国成立后所收的大弟子、著名作曲家美丽其格先生向内蒙古自治区党委宣传部提出了关注和恢复科尔沁潮尔艺术的建议和要求，立即引起自治区党委宣传部领导们的重视，随即拨发专项资金，由内蒙古自治区文化厅艺术创作中心承办了为期一个月的“全区首届色拉西潮尔培训班”，从此开启了科尔沁潮尔起死回生的序幕，科尔沁潮尔重现复苏兴旺的喜人景象。

从 2006 年的“全区首届色拉西潮尔培训班”到 2007 年的“纪念潮尔艺术大师色拉西诞辰 120 周年暨潮尔艺术学术研讨会”，再到 2009 年的“全区潮尔传承人培训班”，以及 2013 年“全区科尔沁潮尔传承人培训班”和 2014 年“全区科尔沁潮尔传承人高级培训班”，这一系列活动极大地促进了科尔沁潮尔的复苏，科尔沁潮尔从几乎无人问津的冷落局面一下子红红火火地热闹了起来。仅以科尔沁左翼中旗为例，自 2006 年以来，全旗范围内至少有几百人开始演奏科尔沁潮尔了。

琴声低沉，曲调“忧美”，悠扬的乐器和古老的艺术在新时期绽放了艳丽的花朵，色拉西大师当知此景，含笑九泉。

阿拉腾奥勒

颂歌献给人民

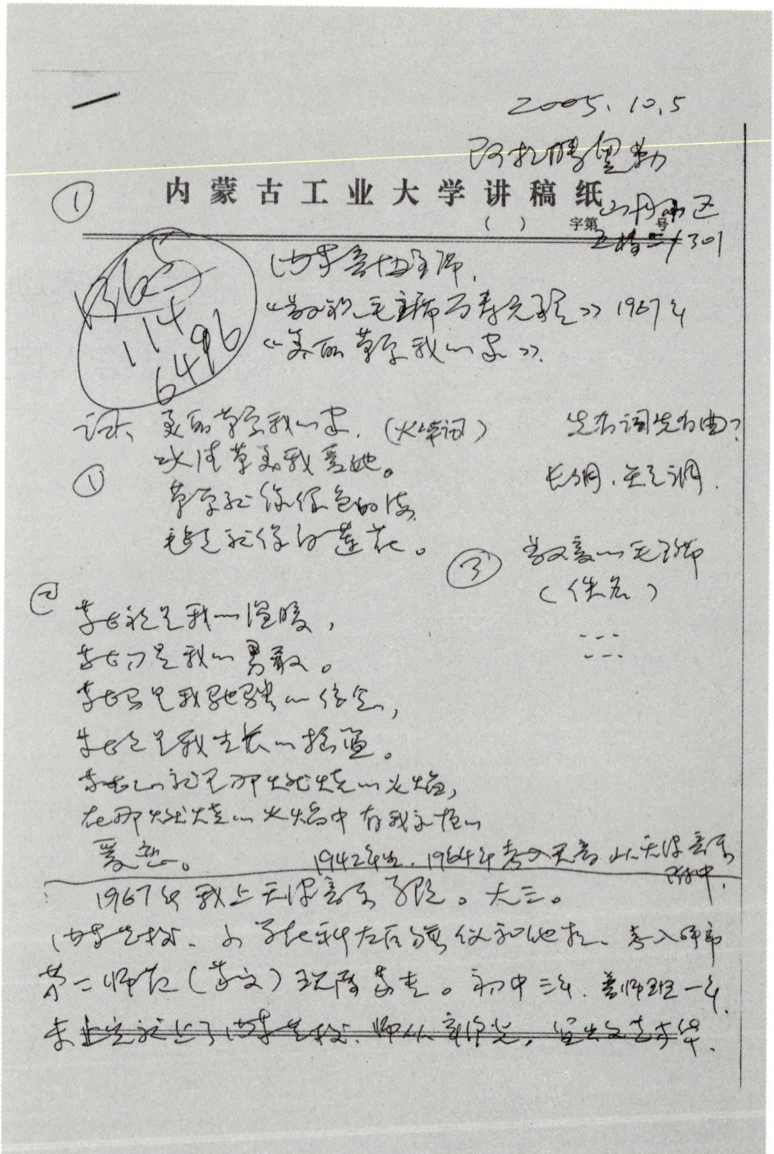

2005.10.5

阿拉腾奥勒

① 内蒙古工业大学讲稿纸

（ ）字第 号

1958年毕业，

《敬祝毛主席万寿无疆》1967年

《美丽草原我的家》。

词：美丽草原我的家（火华词）　是先词先后曲？

① 风吹草低我爱她。

草原就像绿色的海，

毡包就像白莲花。

长调、短调。

③ 敬爱的毛主席（佚名）

② 草原是我的温暖，

草原是我的勇气。

草原是我驰骋的舞台，

草原是我生长的摇篮。

草原上的毡包那燃烧的火焰，

在那燃烧的火焰中有我童年的梦想。

1942年生，1964年考入天津音乐学院附中。

1967年我上天津音乐学院。大三。

1958年毕业，小学毕业后以优异成绩考入师范第二师范（蒙文）班学习音乐。初中三年，音师班一年。

~~来上海之前……~~

2005 年阿拉腾奥勒展示成名作谱纸

现在50岁以上的人们，大都记得一些“文化大革命”时期的事儿，稍年轻一点的，也能从前几年火爆的“红太阳”系列歌曲里听得出那个时代的声音，甚至要喜欢上这些歌曲。毕竟，这些歌曲带有强烈的时代特征，有着满腔的热情和纯真，显示着艺术家们的才华，无论是创作者还是喜欢她的民众，那些朴素的感情正是我们这个时代也需要的一种精神和信仰。

在这个艺术家的行列里，就有着为数不少的各民族艺术家们的身影。期间诞生了如朝鲜族作曲家金凤浩的《延边人民热爱毛主席》《红太阳照边疆》和蒙古族作曲家阿拉腾奥勒的《敬祝毛主席万寿无疆》以及《北京的金山上》《阿佤人民唱新歌》《壮锦献给毛主席》等多首民族题材的脍炙人口的名曲。阿拉腾奥勒在24岁时创作了《敬祝毛主席万寿无疆》这首名曲后，至今仍然活跃在乐坛上，后来又写出《美丽的草原我的家》这样的名作，经蒙古族歌唱家德德玛演唱后风靡全国。《敬祝毛主席万寿无疆》这首作品是1967年写出的，我也曾经满怀真诚忘我地放声歌唱，至今听来还是热泪盈眶。2005年的秋天，我拜访了阿拉腾奥勒先生，听他依然激动地为我们讲述那过去的事情。

您是1942年生人。我们就从这首歌开始说吧，您对这个作品很有感情，这首歌曲对我们来说也是刻骨铭心的，它能勾起我们很多的回忆，说不清是一种激情还是苦涩。

是的。这个是1967年的作品，我当时正在天津上音乐学院，是大三的学生。

天津音乐学院不是早年的中央音乐学院？

不是，它1958年就已经分了。我大三时正赶上“文化大革命”。

考进去是什么时候？

1964年，是从天津附中升入的。

附中也学音乐吗？

我是理论学科。我说这个事还得从内蒙古艺术学校的时候讲起。1956年我从科左后旗考到呼和浩特第二师范学校，这是个蒙古族学校。

第二师范学校？

对，我们上的时候叫“呼和浩特第二师范”，就是初师。从那儿三年就毕业了，应该是四年毕业的，第四年没让接着上，让我上的普师班。从那儿就上了内蒙古艺术学校，我的老师就是著名作曲家辛沪光。当时师范学校还不放。

到了师范学校以后我挺活跃的，经常拉手风琴呐，去了一年后我的“处女作”歌曲《送肥歌》发表了，是用蒙古语写的歌词。内蒙古广播电台开始作为每周一歌播出，他们电台还有一个小报也登了。这件事我自己也特别得意，挺高兴的，不管是在同学们中间，还是在学校老师里头，稍微有一点名气了。我的启蒙老师是阿拉坦呼雅格，他开始在师范学校当老师，后来到内蒙古教育出版社当编辑，还曾经在内蒙古广播电台当音乐编辑，现在已经去世了。那时候我和很多老作曲家如通福、莫尔吉胡、德伯希夫等也有联系，还有辛沪光老师。经常找他们帮我看作品，修改作品。他们也非常器重我。正好内蒙古艺校要招第一届作曲班，我被选中了，他们说你最好来这儿。但师范学校的领导不太同意，说“师范毕业以后应去小学教书，普师班毕业可以到中学当老师，艺术学校是属文艺系统的，跟咱们不是一个系统，你到那儿去也不太合适”。开始不同意，之后一些老师给我出主意说，不行就找市长或教育局长，我就找到了教育局长书路（朝鲁）。我说：“蒙古族里搞作曲的少，我相信我有这方面的天赋，经专业学校培养，一定会为蒙古族人民争光的。内蒙古艺校看我这方面有发展前途，他们希望我去深造学习。”局长看我说得有道理，确实也是有才能，最后给学校领导打电话说这个事，师范学校领导就放了。那一届作曲班只有 7 个人，班主任就是辛沪光老师。

他们的名字还记得吗？

有色登，还有王家义、齐少俭、金和盛……最后作曲的就剩下我一个。其他人都改行了。

作曲班就办了一年，因为师资不够就停办了，以后就把我分给了器乐班。在器乐班我跟色拉西老先生学马头琴、潮尔。开始我不太愿意，自己也没认识到后来有什么作用。虽然当时不太愿意，但是后来学着学着自己就有点兴趣了。因为当时他教的全是民歌，很少有新的创作歌曲，都是科尔沁民歌，蒙古族古老的民歌。内蒙古艺校当时还请了很多的老艺人，像锡盟搞蒙古筝的扎木苏，老艺人铁钢等。有时间就跟他们一起听民歌，听他们演奏之后就把什么什么曲子都记下来，跟老先生学了将近一年，当时就受到这样的音乐熏陶，当然我在故乡也有熏陶。

我们那儿是半农半牧地区，一到农闲的时候，亲戚乡亲们在一块儿就合奏，笛子啊，四胡啊，三弦啊，农村也没有那么多乐器。他们演奏的都是民歌，还有民间乐曲，比如《莫德莱玛》《荷英花》等。另一个受影响最大的就是听说书。一到冬天就听说书，一听就是一个月。那时本村没有，就到外村请。我听了好多次，一听就是好几天，特别入迷。尤其到关键的时候故事还没完，就停了，我听着就着急，想知道结果，第二天还得接着听。那时候听的除了《刘胡兰》等革命故事以外，还有《三国演义》《小八义》等很多故事，像小姐走路，将军打仗，悲伤的，欢乐的等等，他不光是说故事，也有很丰富的曲调，包含的东西特别丰富，情绪跟剧情特别贴合，感情特别真实，我听得也很投入。受了这些民族音乐的感染，在这种音乐氛围中生活着、学习着，所以上了学以后非常得心应手。在学校，有一些古老的音乐，原来在家里没有听到的也学了很多。这么多民间艺人的演奏，为我后来搞创作奠定了民族音乐的基础。

第二年，跟色拉西老先生学马头琴以后，有一次去考试，我就拉了两支曲子，一支是民歌，第二首是我自己改编的曲子叫做《白毛女和杨白劳》。当时，色拉西老先生听了非常不高兴。但是学校领导莫尔吉胡听了之后觉得拉的还是挺好的：

“能看出他还想学作曲。”正赶上第二年往中央音乐学院和天津音乐学院送两批学生，我就在 1962 年下半年被保送到天津音乐学院附中学理论学科。

作曲家美丽其格也是在天津音乐学院学习的。当时保送的有几个人？

有 4 个吧。在那儿是陈其丽老师一直教我们，这两年主要的理论基础都是这个老师教的。我到附中的时候也是非常勤奋，只要有这些搞器乐的业务汇报演奏会、演唱会我都去听。在附中的时候我也写过弦乐合奏、二胡独奏、歌曲等，像《科尔沁音画》，当时都受到老师们的赞赏。1964 年，我直接被保送上本科了。

1968 年从作曲系毕业，那时候“文化大革命”已开始了。这 4 年当中，我们经历了一个四清运动，参加四清工作队，搞了一年。

（过一会儿，阿老师找了出来。没想到，经过近 40 年的动荡，这些歌曲底稿竟完整地保存着，那是一些钢板刻的、油印机印的略有发黄的纸片）

这个是当时我们学校刻的。

这就是《敬祝毛主席万寿无疆》……还有《党的九大公报放光芒》《战斗啊，英雄的越南》……都是紧跟形势的，那个时候就是这样。

大江南北一播放就出名了？

这首歌有时候不署名，有时候也署名，就是署了名也是一分钱都没有的。

那时候您很年轻。

二十四五岁吧。

自己写的东西这么流行，有什么感想？

我写的时候，没有想到过流行。我当时认为这就是任务，人家导演拿来说大歌舞要用，让我写曲子只是任务而已。

应该有一种感情吧？

写作时的感情，就是另外一回事了。一小时不到我就完成了，民族音乐的积累需要好多时间，因为作曲基础已经到位了。歌曲写作的基本技术已经学了，所以在技术上不是很难的事情了。当时有对毛主席的深厚感情。写的这个歌曲本身没有明显的蒙古族舞蹈的节奏，那么后来我就借助了西藏一些舞蹈的节奏特点。

这里面借鉴了藏族舞蹈节奏的特点？

对。

那有没有蒙古族音乐的特点？

当然整个是蒙古族音乐的旋律，但是前奏用的是带有西藏特点的节奏。歌曲当时就是这样子，非常有激情，对毛主席纯朴的感情，因为我也是一直从师范到大学毕业都是国家供养的，在毛主席时代我觉得当时很幸福，对毛主席充满感情，是以这么个心情来写的。这个歌的旋律就是有浓郁的蒙古族民歌风格，优美抒情的旋律，紧拉慢唱，一听就是蒙古族的风格。

紧拉慢唱？

就是节奏上的交替出现。我过去写歌，曲子上基本就是原来民歌的方整结构，就是四句或者两句，到这个歌的时候就打破了原来的结构。当时的一些理论家或者评论家说："这个歌突破了方整形的民歌结构，结束了在民歌上稍加改变，或者在旧曲上添新词这样简单的创作时代"，"在作曲技法上布局合理，高潮设计达到了和内容完美的结合，是在作曲技法与民族特色相结合方面所做出的成功探索。这个作品代表了那个时代人民的心声，是历史的产物，唱出了各族人民对党和毛主席的一片深情"。

后来在磁带《红太阳》中也编进去了。

对，那是20世纪90年代，又在《红太阳》系列磁带里收入，广为流传，经常被翻唱。

又火了一遍。据说这类磁带当时发行了高达1000万盘！

现在作为历史歌曲经常在演唱，不是过时了，而是在人民心中一直流传着。

后来作曲家吴祖强和刘德海他们写了一部琵琶协奏曲叫《草原小姐妹》，他们在这里的主要段落中用了这个曲子。这个曲目除了中央乐团演奏以外，美国的交响乐团来华演出时也演奏过这个曲子。

《草原小姐妹》是琵琶协奏曲里面用了一段，还是整个都是？

他们在慢板当中用了，当表现"草原小姐妹在风雪中想起了党和毛主席的时候"，用了这段旋律。

这首歌在评论界是怎么定位的？

作为历史歌曲，是那个时代的一个代表作，代表那个时代的作品。我们现在到北京演出，也经常唱这首歌，人们非常欢迎。

同时代的作品还有哪些？

同时代的作品有《红太阳》《万岁毛主席》《伟大的北京》，还有《哈尼人民心向红太阳》《歌唱毛主席》《延边人民热爱毛主席》《阿佤人民唱新歌》，还有《井冈山上太阳红》。后来我 1968 年就毕业了，响应毛主席号召的接受再教育，下放到河北农村去。

直到 1971 年，突然有一天，内蒙古的一个军人到我们那儿去了，见到我说："我是内蒙古广播局军管会的，内蒙古广播文工团要扩建，那儿的领导要找你，说写那个歌《敬祝毛主席万寿无疆》的作者怎么没信了？我们一直在找你这个人，找到你原来的天津音乐学院，原来分配到这个地方。"他说你愿意回去吗？我说当然愿意！恨不得马上飞回去。

是不是特别激动？

非常高兴又兴奋。

找到你之后，就很快办了这个事？

正好内蒙古广播局军管会的领导就是河北束鹿人，很顺利就调回来了。1971 年回来，也是文工团开始扩建的时间。

这个文工团原来就有？

早就有了。这个团里人不多，还有几个民间艺人。1972

年内蒙古歌剧团借我，他们排蒙古语《红灯记》请我去指挥，是作曲家美丽其格作曲。还有一台节目是音乐会，这两台节目都要下乡演出，都是我指挥的。

那个时候主要是以下乡为主吧？

对，1972 年大概演了将近一年的时间，1973 年我就去上海音乐学院进修了。

团里送你去的？

对，因为在天津艺术学院本科时主要课程没学到，赶上“文化大革命”，下乡教学，没好好学。上海有几个老师很好，一个瞿维，一个是丁善德，还有桑桐、陈铭志，这是第一次。1978 年我又去了一年。

这期间有什么作品？

写了一个小提琴独奏曲。

发表了？

上海文艺出版社出版了。

为什么又去了一年？是补课？

有一些东西没学完。因为在团里头写东西，那时候只要有演出和配器都是我们的事，任务很重。团里的工作，那几年的作品里配器作曲的都有。那个时候成功的作品就是 1977 年 6 月份写出来的《美丽的草原我的家》，是根据火华的词写的。

当时上海的老师非常好，和声是桑桐，作曲跟施永康学，陈铭志教复调，都是顶级的老师。所以经过这两年的学习，我把整个作曲专业的课程都补上了。

您的创作大体上分哪些阶段？

我的创作有三个时期，1957年我的处女作《积肥歌》；1967年《敬祝毛主席万寿无疆》是成名作；1977年《美丽的草原我的家》。

就是10年一个台阶。

《美丽的草原我的家》创作了以后，正好1978年初到上海音乐学院学习，写完了这个稿子稍微修改，定稿了以后，我先交给了马志争，马志争是上海音乐学院的学生，很好的声乐系学生。他现在在马来西亚，近年来还到内蒙古演出过。当时老师要求他唱一个民族歌曲。他找到我说，您看有没有适合我的歌曲让我唱？我就把这个东西拿给他试试，他就在课堂上唱了，当时没有公演。真正把这个推到舞台上的是德德玛。1978年底她接手了这个歌并唱红了。

1979年新中国成立30周年时举行全国文艺调演，德德玛用这个歌曲获了奖，作品也获得了二等奖。还有将近120块钱的奖金。《美丽的草原我的家》就是这样唱出来的。后来还得了很多奖，也就流传开了。1980年被联合国教科文组织作为“世界优秀歌曲”选入教材，收入了《亚太歌曲集》。

歌曲是很奇妙的事情：刚出来时演唱者获得更大的名利，很少有人关注作者；以后是词曲者和乐谱被记载而流传下去，不太记得首唱者是谁、唱的最好的是谁了。

娅伦格日勒

音乐的天使

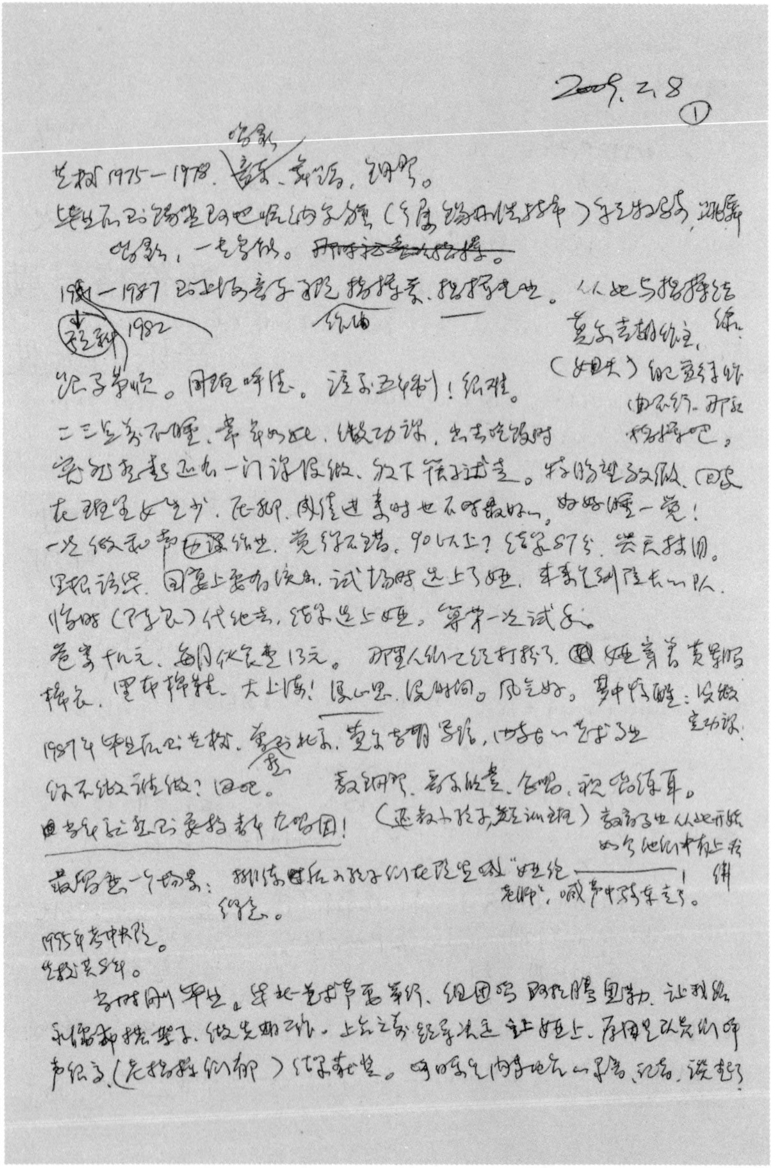
2009.2.8 ①

艺校1975—1978，[illegible]、舞蹈、钢琴。

毕业后[illegible]（[illegible]）[illegible]，跳舞，[illegible]，一专多能。

1981—1987 到上海音乐学院指挥系，指挥专业。从此与指挥结缘。[illegible]

1982 [illegible]

[illegible]。[illegible]！[illegible]。

[illegible]

[illegible] 一门 [illegible]。[illegible]

[illegible] 好好睡一觉！

[illegible] 90以上？[illegible] 87分。[illegible]

[illegible] 试场时 [illegible] 第一次试 [illegible]。

[illegible] 每月伙食费13元。[illegible] 大上海！[illegible]

1987年毕业后回艺校。[illegible]

[illegible]

最[illegible]一个场景：[illegible]

1995年考中央院。

艺校共8年。

[illegible]

2005 年指挥清华大学合唱团

蒙古民族是音乐的民族。

千百年来，马头琴和长调歌声以及无数的短调民歌回绕在广袤的草原上，伴随着蒙古人的游牧文明一路前行。但是，歌声能不能传播得更远呢？能否让不同民族的人们欣赏这美妙的天籁之音呢？传播需要使者，艺术需要更新，蒙古族合唱指挥家、中国音乐学院教授娅伦格日勒（简称娅伦）就是这样一位音乐使者。

与蒙古民族传统的长调、短歌不同，娅伦指挥的是一个既古老又极具现代感、充满西洋味的形式——无伴奏合唱。这个词会让人想到高耸的教堂、手执乐谱的合唱队。它要求每个优秀的歌手必须放弃自己的个性，融入到整体里，达到和谐统一，100 个人要像一个人那样统一，要最好的语感，律动感，全体歌者绝对服从于作品，最终形成整个合唱团“共同的个性”。

经过娅伦对作品的解读、创新、挥动，在合唱团里分成 4—10 个声部，歌声从独唱成为合唱，从简单到丰富，一层又一层，一波又一波……听起来或低沉或高扬，此起彼伏，交错融合，浑然一体，美妙绝伦。有宗教音乐的高大浑厚，也有蒙古民歌的辽阔隽永。歌声从蒙古包传到了世界音乐殿堂，她和她带出的内蒙古蒙古族青年合唱团捧回了一个又一个国内外合唱比赛大奖，在神圣的领奖台上一次又一次地看着国旗升起。2008 年以后，她主持实施的“内蒙古大学艺术学院合唱艺术基地班”学生合唱团同样在世界合唱乐坛捧金而归。

讲讲你的艺术起点吧。

我是 1975—1978 年在内蒙古艺术学校学习，那时候学舞蹈、钢琴、唱歌，毕业后分配到了内蒙古锡林郭勒盟阿巴哈纳尔旗（今属锡林浩特市）的乌兰牧骑（文工团），跳舞、唱歌，打杂。1982 年我正式考入了上海音乐学院指挥专业。从此开始了长达 5 年的学习。我的老师是中国指挥界的大家马革顺教授。

从大草原到大上海，反差很大。我的成绩条件在班里不算好的，必须补上。生活上我极为朴素，都毕业了还穿着黄军装，黑布鞋。我记得那几年从来没有在凌晨两点前睡过觉，总是不停地做功课。有时同学请客，我吃着饭想起什么课还没做，放下筷子就走。那时候特别盼望放假，能够睡个懒觉。

我是幸运的。我这样的一个学生上哪里去指挥呢？一次，美国总统里根访问上海，宴会上要一个合唱节目。上海音乐学院的一位领导自己指挥着一个合唱团，试场那天他有事，叫我临时替代一下，我去了，结果人家就选定了我。这是我第一次指挥合唱。

机遇和勤奋总在一起。在上海做艺术发展不是挺好吗，为什么没有留在那里？

1987 年我毕业了。本来也想留在大城市，但内蒙古艺术学校校长莫尔吉胡（我姐夫）给我写信说，内蒙古的文化艺术事业你们不做谁做？上海北京缺你们这样的人吗？一顿骂。我就乖乖地回到了艺校当老师。

在艺校时还是很开心的。我最留恋一个场景：我在课余教小孩子们唱歌，因为能跟孩子们打成一片，他们都喜欢我，放学时不管是否教过的孩子们，围成一圈高喊“娅伦老师”！我就在这欢呼声中骑着车子走啦。

那青年合唱团是怎样诞生的？

就在我毕业的 1987 这一年。那时候精力充沛，总想找点事干。那年“华北音乐节”举办，内蒙古要出合唱节目，本来是永儒布老师指挥，我先做点搭架子的活儿。临上台前，领导说让我指挥，可能是要培养新人吧。另一个原因是合唱队员们集体要求我去。结果那次得了奖，算是第一次公开演出，第一次获奖。

一天，内蒙古人民广播电台的记者呼日乐（他经常录制音乐节目）跟我聊，说咱们搞一个合唱团吧。我说好。席间，一个男高音色·恩克巴雅尔也进来了，说我也算一个。就这样，我们三人一合计就开张了。

这么简单？

哪里呀。我们是业余的，没有名分，没有场地排练，没有经费，没有专门的合唱作品，没有编制……三无或者六无。在艺校的阅览室里，我们 20 多人就开了个会，老师们都支持。像莫尔吉胡、辛沪光、杜兆植、阿拉腾奥勒等人，不仅精神上支持，还捐钱。我们则天天打游击，找场地，骑着自行车通知人，有时懒得上楼了，就在底下喊，结果很多脑袋出来看，“通讯基本靠吼，交通基本靠走”。

我们的队员们每月捐2元钱作为团费，只够买点蜡烛、谱纸之类的。那时候我的包里除了谱纸就是蜡烛。“第一桶金”来自于内蒙古电影制片厂，为他们录音挣得了80元。后来上述几位老师们又捐了点钱，大家做了一套演出服。为了使这个团体能够正名，必须找一个挂靠单位，因为大家都是青年人，就找到了当时的自治区团委书记巴特尔，一切顺利，该团正式命名为“内蒙古蒙古族青年合唱团”。以后的几任团委书记如巴音朝鲁、任亚平、乌兰等都给予了很大的支持。在这一点上说，我们是非常幸运的。实际上，这也为后来实施的“内蒙古大学艺术学院合唱艺术基地班”奠定了基础，这是后话。

全国的合唱团很多，你们团的特色和长处是什么呢？

“业余”二字就注定了我们要付出巨大心血。既然是业余，就没有场地，那就打游击，这里借一次那里租一次，有时候断电，队员们每人端着一支蜡烛排练，此时他们本人也像蜡烛：燃烧自己照亮别人。必须在业余时间排练，那就免不了吃喝拉撒拉家带口，小孩子没人看，带到排练场来，小孩也像大人一样坐在他们中间，在歌声中间，在烛光中一直到结束。如果太晚了孩子们就睡在板凳上，爸爸妈妈们仍在唱，对宝贝们来说，那可能是最美的摇篮曲。孩子们实在多了要玩耍，呼日乐团长便临时当保姆，渐渐地，人们送他外号“呼妈妈”。那情景太感人了。克服了许多困难之后，大家的认识也一致了。女高音阿拉坦其其格用朴素的语言说：“合唱团就像一个火柴盒，长了就装不进去了。”

团员们绝对认真，无人要求报酬，真正的志同道合。他们来自各文艺团体、院校、甚至企业，大部分人来自农牧区。这个团的全称是“内蒙古蒙古族青年合唱团”。每个队员都精通蒙汉两种语言，这样才能熟练演唱蒙汉语歌曲。我们对演员的要求非常苛刻，挑一个合适的要好长时间。有的从学校选上还要我跑人事文化部门要求把这个学生留在呼和浩特。团员们的生活问题也都在我和团长呼日乐的“指挥领导”范围内，无所不包，就像亲人。

专业上我有想法，就是要搞世界级的。我在跟团员们做工作时从来都举世界上最成功最优秀的例子来说服他们，眼高手也要高。

牧民的孩子老实纯朴，又有天赋，所以歌才唱得那么好。当初与某乐队合作录音时，曾有乐手对我们的队员说：回去再练练吧！便扬长而去。那个委屈劲儿！现在我们的团员可以对某些乐手说：你再回去练练吧。当然，我对队员们要求也很严，他们都怕我。我排练时对那些大小伙子毫不客气，急了就推一把：你怎么回事？再急了就把茶杯扔过去，小伙子们就笑着躲过去。在悉尼首场演出是最自豪的时候。我们的团员被人包围，我特开心放心，他们很会交朋友，太可爱了。我个人可以牺牲一切去追求理想，但这么多人都愿意干这个事业真让我感动。

那时候很多人没听说过有无伴奏合唱团，我们有创造性。最难的是社会上不承认，队员们也接受不了这样严格的排练，尤其是一些队员已经是“腕儿”了。合唱团包括唱美声的、短调的、长调的、民歌的，需要高度的一致性。无伴奏就是要展示人声的丰富性。要坚持这些理念，普及这样的知识很吃力啊。那些年我受了很多委屈，但为了作品，我绝不妥协，队员们有的比我年龄大，有的要带孩子，但他们最终都坚持下来了。

合唱团的转折点是不是首次在国内获奖?

是。本来排练时大家就不知道这种方式会怎么样，到了第一次获得金奖，那天大家都快疯了。我从不喝酒的人，那天喝得被抬回了家，一星期没起床。也就是那一次，我认识了中国合唱界的大师级人物严良堃（中国交响乐团指挥）。当时他就已经是著名指挥家了，辛沪光老师带我去了严老师家。他们在那里谈笑风生，不理我，直到快走了，才说：放出来听听。听了第一盘录音，严老师的家人们就放下手里的活儿，拿着小板凳过来听，问：还有吗？又放了一盘。从此，我就像他们家的孩子一样，也打开了合唱艺术的大门。1991 年获得中国合唱节金奖。

更辉煌的时刻是在国际上获奖?

我们好像在懵懂中就获奖出名了。1996 年，我们参加了在澳大利亚举行的世界合唱比赛。那时没人知道我们，被安排在下午的四五点钟，那个点儿人们很疲劳，想着回家吃饭，哪有心思听歌呀。我们穿着白色的蒙古袍，静静地站在舞台上，缓缓地，歌声响起，全场鸦雀无声。紧接着，掌声雷动，非要加唱，但规定不让返场，观众也没办法……这是我们第一次参加国际性的比赛，有这样的好成绩，真是挺激动的。世界合唱联盟泰格尔主席的夫人穿着我们送的蒙古袍到住地来看我们，饭桌上反复地问同一个问题：你们为什么唱得那么好？

关于她的这些演出盛况，我曾采访过她。以下是发表在《国际音乐交流》《民族团结》等媒体的报道。

1996年8月10日。澳大利亚悉尼市，大洋洲最美丽的城市，一组白色船帆雕塑般矗立在蔚蓝色的大海边——那是著名的悉尼歌剧院。5000名衣冠楚楚的观众和来自100多个国家的音乐家们静静地坐在那里，准备听一场他们根本想象不出的音乐会——他们太不了解中国了，更不了解中国的蒙古族，但他们非常礼貌地等候着。队员们入场时灯是暗的，当站好队灯明时全场“哇”的一声！

看那庄严的台上，身壮威严的蒙古族小伙子身着大红色蒙古袍，似一排旺盛的火焰，端庄美丽的姑娘们身着白色蒙古袍，那是这个民族最崇尚的色彩，纯洁而又高贵。台下议论声声唏嘘不已。

“草原啊草原，我可爱的家乡；马背啊马背，我生命的摇篮……”轻柔的歌声从遥远的深处缓缓上升，涌起。一个民族的形象在声音中矗立、丰满；世界东方的草原与蓝天白云，如白莲花般的毡包，在旋律中向大洋洲走来……多么美妙的歌声！纯正迷人，那么具有震撼力。蒙古族变得不再陌生；世界的东方变得不再陌生！金发碧眼的白人迷惑不已：中国人怎么会有这样高水平的合唱艺术?

“牧场啊牧场，我智慧的源泉，马蹬哟马蹬，我人生的起点……”歌声尚未完全消逝，掌声已经把全体队员淹没了。

第四届世界合唱节——代表世界合唱艺术最高水平的乐坛盛会。内蒙古蒙古族青年合唱团跨越了草原、跨越了大陆、跨越了大洋，站在了悉尼歌剧院的舞台。25 分钟的演出，一首比一首唱得更有激情，一曲比一曲迎来了更热烈的欢呼声。

本届世界合唱节闭幕之时，世界合唱联盟主席罗斯·萨尔斯曼庄严宣布：在参与本届合唱的 26 个合唱团中，唯匈牙利、芬兰、意大利、中国四国合唱团赢得了直接参加下届在荷兰召开的第五届世界合唱节的资格！

激情淹没了内蒙古蒙古族青年合唱团。他们知道，在世界合唱联盟的历史上，他们是第一个获此殊荣的中国合唱团。

内蒙古蒙古族青年合唱团在向全世界表明：他们代表着中国当之无愧地登上了世界合唱艺术圣殿。

此时，合唱团举足轻重的人物——指挥，高挑个儿大眼睛的蒙古族姑娘娅伦格日勒陷入深深的激动中——经历 10 年的艰难走到了今天，千百次的排练，那些手持蜡烛的夜晚，每人每月两元钱捐款的经费来源，还有圈内外那许多不解的眼光，还有……

娅伦格日勒想起初来大洋彼岸的种种遭遇：组织者对来自中国的合唱团分明含着歧视：当其他国家的合唱团来到悉尼

时，组织者与地方官员纷纷前去看望，慰问。但直到中国合唱团上台演出前，还没有一个组织者或官员来到他们中间……辛酸与苦楚，全在这 25 分钟的演出中化为了成功的喜悦。娅伦格日勒流下了幸福的泪水……

能够参加第四届世界合唱节实在不易。全世界的合唱团多如牛毛，仅仅在北京，就不止 1000 个。在国内须经由专家评选，选中后还需由世界合唱联盟派人来考察。就这样过五关斩六将，在全世界遴选出 26 个团。内蒙古蒙古族青年合唱团在激烈的竞争中被挑选上。即使这样，内蒙古蒙古族青年合唱团尚需自费，往返吃住得自己掏腰包。在国内有关部门的大力支持下，他们终于筹到了几十万元的赞助，得以顺利出国。

在悉尼，中国团与波兰团被安排在同一个休息间，中国合唱团被安排在里边。每次，当中国团员穿过过道朝里走时，总会频频招来陌生的眼神与注视……

然而，这一切完全改变了。从中国合唱团登台演出的那一瞬间起，扑面而来的目光完全改变了，不再有陌生与漠视。欢呼与赞许扑向了身穿蒙古袍的中国人，黄皮肤的中国人成了被追捧的对象。当演出之后合唱团回到休息间时，在外面的波兰团不再送来陌生的眼神，他们集体站起来，夹道欢迎演出成功的中国人。

从那一天下午起，中国合唱团的指挥、团长、团员们就成了被追捧的对象。即使语言不通也能从眼神看出那赞许和祝贺来。

8月13日，按计划中国合唱团将到悉尼音乐学院举行专场演出。虽然有了首场演出的成功，但娅伦格日勒仍担心没有人前来观看。孰料，全场爆满，连世界合唱联盟主席的夫人也穿上了娅伦赠送的红色蒙古袍来到了现场。

演出结束后，合唱联盟主席罗斯·萨尔斯曼激情昂扬地评价：是你们的演出，把整个合唱节推向了高潮。

记忆的时钟又拨到了1996年7月9日，那是赴澳前的一次汇报演出，完全是市场经济的方式运作。连合唱团员们也要买票。“市场太好了。全部卖光了还有人要买，最后卖站票，经过很多部门包括公安局批准，才卖了70张站票。”娅伦回忆道。在北京音乐厅的二层过道里，热心的观众就那么站着、哭着看完了他们的演出。

赴澳归来的感慨仍在继续。“我们去时别人在飞机上休息，我却在看英文讲稿，因为有一个专题讲座要用英文。我边示范边讲，总算将将把英文稿念了下来。结果讲的效果很好。这个讲座也卖票。我那时每天只睡两小时，上场时我看到队员们在互相拍拍肩膀表示鼓励安慰，我真是感动。”这次赴澳演出效果从中国驻悉尼总领事馆给文化部的信函中可见一斑：“内蒙古青年合唱团在悉尼演出引起轰动，场场爆满，掌声经久不息。希望有更多的民族艺术走出国门，让世界知道我们绚丽多彩的民族高雅艺术。青年指挥家娅伦的指挥情感充沛，极富感染力。”

从此，光环就常驻在了这批蒙古族青年音乐人的头顶。

娅伦说：至今，虽然我们中的许多人改换了门庭，但那些洋溢着才华和青春并充满了民族和现代气息的作品却保留了下来，被一批又一批的人们在传唱，看不见的艺术品经过我们的打磨和传承成为了永恒。但这20多年来的艺术坎坷路和生活甘酸苦却鲜有人知。

彼时中国还没有一座像样的大剧院，北京音乐厅就成了高档音乐殿堂的代名词。这地方娅伦太熟悉了。不算零星演出，1991年北京合唱节上，娅伦率该团夺得比赛一等奖和指挥一等奖；1991年、1992年两次参加中国国际合唱音乐节后，娅伦被推举为开幕式千人合唱指挥，大获成功；1994年指挥中央乐团合唱团，演出《银色月光——永远的王洛宾》专场合唱音乐会。中国著名指挥家严良堃教授称她是“声音雕塑家”。

1997年夺得中国合唱节金奖；1996年代表中国参加国际合唱节；2000年在奥地利夺得“奥林匹克国际合唱比赛”三项金奖……一次比一次辉煌。还参加了哪些与合唱有关的活动？

1992年、1993年两次应文化部邀请，参加“中国国际合唱节”，我被推举为开幕式的“千人合唱”指挥，实际上不止一千人。

1993年，我率内蒙古蒙古族青年合唱团赴香港参加“中国音乐节”。同年赴台湾进行了巡回演出。

1994年以来，我多次指挥中央交响乐团合唱团、上海歌剧院合唱团、中央民族歌舞团合唱团、中央民族乐团合唱团、清华大学合唱团、湖南歌舞剧院合唱团等。

1998 年，与中国交响乐团合唱团、中国青年交响乐团合作，举办“布兰之歌”个人音乐会并完成了论文《论蒙古族合唱艺术》。

1998 年，应邀赴美国参加“巴哈艺术节”并参加巴哈专家“赫尔穆特瑞林指挥大师班”。同年赴瑞典参加“欧洲冬季音乐节”。

1998 年，以学者身份赴美讲授中国音乐。

1999 年，作为“中国艺术教育杰出女性”代表，应邀在美国纽约、米尼阿普勒斯等城市进行了交流。同年，赴荷兰参加“第五届国际合唱研讨会”。

2001 年，率该团代表中国赴柏林参加“亚太文化周”。

2002 年，率中央民族歌舞团合唱团参加“2002 年中国合唱节”荣获金奖。去荷兰演出时，我们已经很被照顾了。出门有专车，有秘书帮助打理，机票全免等等。我们在欧洲演出时，世界合唱联盟主席泰格尔全程陪同，每场都看。说明我们只要在艺术上站稳了，在哪里都会受到尊敬。

形势一派大好。有什么困难吗?

我们在欧洲获奖后，演出邀请函雪片一样地飞来，按现在的说法是有着巨大的商机，不夸张地说，我们已经是“世界合唱名团”了。

但是，我们的团从一开始就是业余的，“业余”二字就决定了它的命运不是一帆风顺的。团员们都是从各个专业团自愿来的，对艺术有着奉献精神，但人家还要服从本单位的工作。第二个原因是经过这么多年的发展，团员们的年龄也在长，还得吸收新人，毕竟是“青年”合唱团啊。我和这些团员们感情至深，可是为了事业，我不得不做出痛苦的规定：合唱团员年龄不得超过40岁。一些创团的“元老”含泪退出了合唱团，没有办法，连退出团员的孩子们都不理解：妈妈你为什么退出来啊？残酷换来的是合唱团能保证它永远是“青年合唱团”。

团员内部的水平也参差不齐，经费也不稳定。凡此种种，都限制了这个团的发展。最后，这个团分成了两个团，大家唱一样的曲目，都是我们一起排练出来的。也经常出去演，也拿奖。

不管怎么说，我们这一茬人把无伴奏合唱这个事情做到了一个高度，得到了广泛的认可，让纯民族的音乐走向了世界乐坛并赢得胜利，这是我们最高兴的事。

在西班牙获奖的经历很精彩。当时我写的报道摘录一部分。

时光如梭。人们还未从澳大利亚的辉煌中看清娅伦和她的合唱团员们那挂满喜悦的脸庞时，当娅伦她们还未意识到自己释放的能量辐射到了何处时，就从欧洲西部传来佳音：1997年世界六大合唱节中最有影响的“第26届西班牙托罗萨国际合唱比赛”组委会特邀娅伦率团参加！

托罗萨城是西班牙一个美丽的海滨城市。此地讲的巴斯克语在西班牙算是少数民族语言，而参加合唱的团体被要求必须用巴斯克语唱，而且至少有 9 首歌。而从娅伦接到通知到启程只有两个多月的时间！

这可不是单纯的出国旅游，比赛是要拼实力的。西班牙语尚不会讲，从何学来巴斯克语呢？比赛规定要选唱 16—20 世纪的浪漫作品，并且只能从舒伯特、门德尔松、舒曼三位作曲家的作品中选唱“浪漫”作品。

“我真佩服我们的小伙子们。”娅伦总是情不自禁地回忆起那些日子并为合唱团员们而自豪。“别看他们平时嘻嘻哈哈，关键时真投入，那么生的语言不仅要学会而且唱出味道来，太难为他们了。在飞机上还在背那些陌生的语言。顺便说一下，香港凤凰卫视的老总在一次偶然机会率 60 人观看了我们的演出后，当场决定全部出资支持我们去西班牙并且派两名记者全程拍摄，回来连放了几十次录像。开始我挺不忍心，拿人家那么多钱没把握啊！我给老师严良堃打电话征求意见，严老师开玩笑说：有什么可怕的？以前骑马都过去了，现在去唱个歌算什么？！”

我到西班牙后有记者问我：您知道你们在这里的知名度有多高吗？我说不知。但当比赛主持人宣布下一个出场的是“中国内蒙古合唱团”时，全场掌声！给我激动的跟什么似的。原来这都是澳大利亚那次以后，这里天天放我们的歌，报纸上也尽是介绍我们的东西。这也说明这里对合唱艺术有一种天然的爱好。

戏剧性的时候又到来了。宣布获奖名单，那节奏慢得急死你，又要翻译，27 个团个个都很优秀，合唱从来都是欧洲人的天下，本身它也是舶来品。很多摄像机对着我，我努力沉住气，队员们有性子直的早就嚷嚷：我受不了，回去吧！因为只有 6 个奖，宣布完第 6 个是冰岛的团，全场一片喧闹，高兴的，叹气的……突然，主持人连声 Sorry，说刚才搞错了，三等奖应该是中国内蒙古合唱团！哗一声，我就什么也不知道了，大概是队员们把我扔起来了！也不知扔了多少次。男的女的都哭得一塌糊涂。没得奖的也哭成一片，冰岛团受的打击更难以想象……

在国际高水平奖项的角逐中，娅伦她们已是第二次获得殊荣，这与先前在亚洲范围内获奖感受不同。过去有人认为优美的原汁原味的民族音乐与现代创作技法各自有长处，却没想到把它们结合起来竟是如此美妙，能够令不同地域、不同民族的人们欣赏到这无与伦比的艺术品，领略到一个民族的纯洁、深情、优美的音乐，这不能不让当代音乐家们有所启示。

这次来欧洲比赛，我们也看到了自己的不足，像获一等奖的瑞典合唱团，那水平就是高。仔细一问人家这个团的团史很长。整个合唱界就是欧洲人的天下。这次评委中有一位韩国指挥在赛后跑过来拥抱我，说亚洲人是第一次在这里获奖！另一位我不认识的欧洲评委也过来拥抱我说：我听了一辈子的合唱，但听了你们的歌声后我觉得要重新认识合唱了。这次的参赛团中有一个斯洛伐克儿童合唱团，那些小孩们太可爱了。每天吃完饭后自己把盘子送到清洁处，收拾好桌布，然后在过道里站好唱着歌送走其他团。跟我们队员熟得没办法了。每天上电梯小孩们抢着按我们住的那层，送我们上去后才下来回他们自己的楼层。

多次参加大赛的娅伦已经很成熟了，她的合唱团也趋于成熟了。过去排练一首歌要一两个月，现在几天就可以拿出来。“只要不停就有前途。”队员们的领悟力提高，排练的自觉性也强了，通过这几次经验，技术上开拓了思路，进入了一个新角度。

我们刚到西班牙后才知道此次不许钢琴伴奏，而我们是按有钢琴来排练的，一下我就傻了。但是队员们倒给我鼓劲。他们的心理素质非常好。我们应邀参加西班牙“托罗萨第 29 届国际合唱比赛”获三等奖。虽然是三等奖，但很难。比赛前试场时，别的团要十几分钟，我们团只用了 5 分钟，团员们自信得不行了，哈哈。我们获奖后还在西班牙进行巡回演出。

事实证明了你们的路子走对了。在合唱界、民族文化界有类似的样板吗？还有办法延续这种模式吗？

这是我多年来一直想着的事儿。

合唱团与指挥、作曲家的关系相辅相成，相互照应。当时的蒙古族青年合唱团是团长呼日乐的创意和管理，我是艺术上的负责人，作曲家色·恩克巴雅尔原来是歌唱演员，但是他非常有天赋，现在是大作曲家，合唱团的很多作品是他写的。当然还有根植于草原这样一个不可缺少的外部条件，但现在看起来“青年”二字显然受到了某种限制。为此，我很想再组个团……

一位伟人说过，某某事情要从娃娃抓起。我就想到能不能培养一支专门的合唱队伍呢？这个想法在2007年得到了业内人士的支持，更重要的是得到了内蒙古自治区政府的支持。2007年夏天，内蒙古自治区政府领导找我，说搞一个娃娃班培训新一代吧。这当然是我的夙愿，可那时候我已经调到北京，任中央民族歌舞团的指挥了。我也知道创业的难处，就有点犹豫。很快，这位领导就召集内蒙古党委宣传部部长、内蒙古大学校长、内蒙古艺术学院院长等人，具体商量怎么办，这我就必须得干了。于是，事情进展得很顺利，经费到位，教职人员配备齐全，我们开始了“内蒙古大学艺术学院合唱艺术基地班”的旅程。

整整一年，我和作曲家色·恩克巴雅尔，还有内蒙古大学艺术学院（现内蒙古艺术学院）的老师们一起，走遍了内蒙古的所有盟市旗县的牧区，从九千多名蒙古孩子中反复挑选，最终选定了50位蒙汉语兼通、有极好的唱歌天赋的孩子。2008年9月，这批孩子在内蒙古大学艺术学院中专班正式读书，学制6年，相当于初高中连读。不仅学习音乐，还要跟其他孩子一样学习普通课程，力争打造一批音乐人才，把蒙古族的音乐文化财富继承下去。

2008年我参加了你们的开班式，很让人兴奋，是个好兆头，标志着内蒙古在建立文化大区的目标下开始音乐人才培养方面从娃娃抓起的又一个系统精品工程。这个班有什么独特的具体做法吗？

说到这个话题我就特兴奋。

事实上，与我们常见的艺术类中专学校不同，他们的文化课较少，艺术专业课多。而我们是全面发展——普通课程与一般初高中一样，但加学了很多艺术课。

这些孩子们太可爱了。那么聪明，淳朴，有天赋。招考的过程就特有意思。哪一个我都不想放弃，但名额有限，只好忍痛。你让他唱一段，他就没完没了地唱，知道的歌曲特别多。按说现在的小孩子不太知道传统民歌，可是他们的家教特好，自己也有兴趣。

原本我打算只管艺术教育这一块就行了，但是这个班太特殊了，我们不忍心把他们放到普通班里随大流。于是，采取了很特别的方式：周六上课，周日、周一休息，这样至少错开一天的时间减少与社会的接触，事实证明很管用。同样的考虑，这个班的宿舍是独立的单元，我就住在这里，每天 24 小时随时能够看到他们，门口还有 3 位工作人员看门，无关的人进不来。我们对他们的管理很严，住宿也和普通班分开，相对纯洁一些。上学期间根本不许用手机等，各科的老师也都是最好的，家长们特放心。孩子们也很争气，成绩特好。

这与以往的一般培养模式大不相同。我听说了，艺术的、生活的、理念的……来自各个方面的阻力就陆续地显现出来。

是这样吗？你是怎么解决的？

这是一条艰难的路，但我们没有退步，而是坚持这样做。

我们的教学理念可能太超前了。孩子们从牧区来，受到的系统教育有限；义务教育领域也有被忽略的重要角落，尤其是在新时期下对全面教育的需求理解不够。我们的起点是高的，要求是严的：普通义务教育内容、普通艺术专业内容、民族艺术专业内容、蒙古语汉语英语三语教育、文明素质礼仪教养内容。所以，人们在短时间内的不理解、理解了一时也跟不上、理念上的分歧甚至导致团队中个别人的离开等就是意料中的了。但后来这些都得到解决，人们的意识也转变了，后来我们再招生时人们就踊跃地送来，甚至怕地方上不放，直接找我们接受考试。总之，影响力在逐步发酵，最困难的时期已经度过了。

最初我想在艺术方面参与就可以了，但是发现如果不从各方面抓紧的话将前功尽弃。所以我就充当了“全职老师”——和学生住一个单元里，白天上课，晚上自习，看着他们熄灯睡觉，天天如此。学习退步了管，成绩不好了管，打架了管，哭鼻子了管，心理问题管，学生家里有事了让学生回去，我还得给他们解决事情、找医生看病等。我像个苏联电影《乡村女教师》里的主人公，哈哈。

我们在上普通课程的同时也排练合唱，还经常登台演出，看展览，大量地读书，那样对孩子们更是一种锻炼。我们还请了蒙古国、乌克兰的外教教钢琴，自治区的有关领导也经常关心我们的进展情况。内蒙古大学艺术学院对这个班也倾注了很大的精力和希望。

与普通班的初中生一样，他们的课程不仅紧张，还十分优秀。考试成绩甚至与当地重点中学的水平相当。而他们同时还有众多的专业课程：钢琴、马头琴和雅托克（蒙古筝）、小提琴、视唱练耳、音乐欣赏、长调、蒙古舞蹈、合唱训练等，还有英语、汉语，这么多的课程没有让孩子们难受，反而成绩特别好！这不仅让老师们和家长们高兴，也颠覆了一个长久以来的误解：搞演艺的人文化成绩都不高。再次证明了一个真理：艺多不压身。

更重要的是，我们这个班对人格塑造的侧重。

除了文化课、专业课以外，孩子们还接受礼仪方面的训练。说话要小声，走路要轻，关门轻，上课穿正装，节约，身上的衣服色彩不要超过三种，讲卫生，身上不要有异味，见到老师问好，怎样欣赏音乐，怎样礼貌地离场，公共场合怎样注意自己的形象举止等。一些看过这个班上课的教育专家说，你们是在打造“贵族班”啊。“贵族”不是我们的目标，但是“精英班”是我们的目标。确切地说，是“全面培养、综合发展”。一个民族在教育方面立住了才能持续发展。

通过6年的艰苦努力，我们的第一期班毕业了。2014年在首批40名学生中只有两名没上大学，一部分被美国、蒙古国的大学录取，进入上海戏剧学院的一名还因为英语好、综合素质好而被保送到意大利学习；其他学生被国内多所大学录取。

看来这个做法的前景不错。我们似乎可以看到一个系统的、可行的培养模式将被探索出来。

该班称为内蒙古大学艺术学院合唱基地班，隶属内蒙古大学艺术学院（今内蒙古艺术学院）附属中学，对外演出名为“内蒙古少年合唱团”，是内蒙古历史上第一支能用蒙古文字和蒙古语言演唱的少年合唱团。

合唱基地班对牧区、农区的孩子们格外看重，他们更加需要帮助，他们被“污染”的痕迹少，传统文化保留的相对多一些。经过6年教学实践，孩子们的文化课学习和艺术方面学习水平迅速提高。他们不仅能熟练地演唱中外、内蒙古的合唱、独唱作品；而且还能流畅地演奏钢琴、马头琴、小提琴、蒙古族三弦、雅托克等乐器。参加过各种国内外大型赛事和艺术活动，并举办了数十场不同形式的音乐会，在国内外比赛场上连创佳绩，反响热烈。同时在文化课上也取得突出成绩。

在“奥地利2013欧洲合唱比赛”期间，孩子们与世界各国合唱队员们、著名匈牙利交响乐团共同排演了大型音乐巨作《威尔地安魂曲》，著名匈牙利指挥家、该比赛总监噶宝先生对内蒙古少年合唱团的孩子们非常喜欢，赞叹地说：“你们的孩子太了不起了，他们能做任何事。”现在的牧民家长们开始纷纷打听，希望能把孩子送到该班并以此为豪。

2010年10月，内蒙古少年合唱团应邀赴澳门参加“第二十四届国际音乐节”，举行两场合唱音乐会。

2011 年 1 月，应邀赴天津音乐厅，举办名为“高原如歌”的合唱专场音乐会。

2011 年 12 月，参加内蒙古电视台 2012“美丽的草原我的家”新年音乐会。

2012 年 7 月，应邀在北京国家大剧院，成功地举办了名为“小草与星空”合唱专场音乐会。同年 8 月，应中央电视台之邀，录制晚会《开学第一课》，并在央视一套播出。

2012 年 7 月，首次参加“第十一届中国国际合唱节”，荣获少年组合唱金奖第一名、重唱 · 小合唱组金奖第一名。

2012 年 7 月，该团参加中央电视台“2012 全国儿童歌曲大奖赛”，荣获少年组合唱金奖第一名、小组唱铜奖，并获最佳表演奖、作品金奖。

2012 年 9 月，代表中国内蒙古，赴蒙古国参加“内蒙古文化周”，在乌兰巴托文化艺术中心剧场举办了两场名为“天籁童音”专场音乐会。

2012 年 12 月，演唱无伴奏《卫拉特舞韵》、小组唱《吉祥颂》，荣获“全区第四届中小学生艺术展演活动”艺术表演类中学组一等奖。

2013 年 2 月，作为内蒙古自治区中小学生的代表，赴厦门参加全国第四届中小学生艺术展演活动，获合唱一等奖并获得教育部颁发的“精神风貌奖”。

2013 年 1 月，参加内蒙古电视台蒙古语卫视、汉语卫视及网络三台大型春节联欢晚会，演唱《卫拉特舞韵》和“三少联唱”，被评为最受欢迎的节目。

2013 年 11 月，被选送中央电视台参加“我要上春晚”特别节目《直通春晚》。

2013 年元月，被内蒙古党委宣传部评为“内蒙古自治区宣传文化品牌”。

2014 年元月，小班（2011 级）演唱《草原蒙古人家》参加内蒙古电视台蒙古语春晚。其他演出、录音无数。

不必再举例，这个基地班是成功的，蒙古族少年的音乐天赋在良好的环境里是可以大发展的。

娅伦艰苦无私的教育探索和艺术追求是很多人难以企及的，她为此付出的心血和牺牲也是很多人难以承受的。“为艺术为理想献身”不是一句空话。

与娅伦在艺术方面的严谨和精雕、高标准站位相呼应的是她那无私的爱，看过她与学生们在一起超过一小时就会深深地感受到她的那种母亲般浓浓的爱，表面严厉而内里慈悲，把自己多年历练出的高贵、品味、无私、情谊、才华、智慧、善良、单纯等诸多品质完全地展示在这些来自最淳朴的蒙古族牧民家庭的艺术嫩芽面前，让孩子们跨越时空感受到世界上最值得学习的榜样，确立了他们人生的目标方向。我们相信，这样一种教育的潜力还将在以后的岁月里充分地展示。更值得庆幸的是，2011 年、2013 年，这个基地班的二期、三期也顺利招生开学。一批又一批才子将从这里走向世界。娅伦说，有了一期的经验和影响力，以后的生源、教学、管理等各方面都上了一个台阶，前景非常好。

但很长时间以来，中国的合唱还停留在“齐唱、大合唱”的阶段，是革命式的，歌咏式的，群众性的，大家高兴就好，要的是参与，气势，热烈，鼓舞，激昂。在音乐界，许多艺术家为了让合唱艺术化而进行了多年的努力，而娅伦她们则走出了一条自己的路。

提到自己，娅伦就会滔滔不绝地讲合唱团。这个不到30人的团体与娅伦结为密不可分的一体，无论是在草原上为牧民们演出，还是在庄严的殿堂里演出，娅伦感到，这个团体从精神上给予了她很多，蒙古民族更是给了她无尽的精神营养，善良、勤劳、坚强的美德时时在影响着她。

娅伦12岁时，父母就把她送到内蒙古艺术学校，15岁时她进入锡盟乌兰牧骑，3年后入中央民族学院学作曲，后到上海音乐学院学指挥5年，后又考入中央音乐学院成为研究生专习指挥，导师即是中国老一辈指挥家严良堃和吴灵芬。后来又到美国进修，那时候她已经是著名指挥家了，我问她还需要进修吗？她说需要，这是无止境的事情。这样的功底和她那炽热的感情加之不懈的努力奠定了她在指挥界的地位。在上海学习时，她算是“文化大革命”后第一个学习指挥的女学生。这期间她指挥过一些合唱团，人生的目标也许在那时就确定了。回到内蒙古后，初试身手便是在华北音乐节上。

娅伦是一匹黑马，是无伴奏合唱界的黑马，更是一匹艺术界的骏马，也是民族传统音乐如何在世界范围内传播的成功探索者。在很长一段时间里，她们引领了中国合唱界，成为众多合唱团的模仿对象。在国内，即使是一台合唱音乐会，无伴奏的曲目也就是一两首，而娅伦和她的团队整台音乐会都是无伴奏合唱。只有一两首是有伴奏的，是名副其实的无伴奏专场合唱音乐会。迄今国内的无伴奏合唱专场音乐会仍然寥若晨星。

娅伦组建合唱团的意义在于，把西洋流传多年的艺术形式拿来与蒙古民族的内容完美地结合在一起，听上去是民族的，但形式是西洋的，内容易于被接受，形式美感强，易于被掌握。我们常说要“走向世界”，在同一个平台上竞技并且夺冠就是另一回事了。

一首好的歌曲即使是反复被改编，由一个人来翻唱，其艺术魅力的增加是有限的。而通过合唱的形式重新解读，编排，保留原有艺术核心，在更为国际化的语境里使之升华，进而与各国艺术家同台竞技，展示民族艺术的魅力，便是一个艺术家乃至一个艺术群体的最高荣耀。

娅伦在合唱界就是一座里程碑。她有一副蒙古人的爽朗性格，忽闪着的大眼睛里讲述着一串串理想，核心内容只有一个词：音乐。

从娅伦身上我们看到了一个优秀的音乐家为了这项事业所付出的巨大努力，为民族和国家赢得了荣誉，用指挥艺术生涯中那些闪光的足迹谱写了自己的一份辉煌的音乐作品。

你怎样看待蒙古音乐？

我们在欧洲演出，如果合唱里面出现一个长调的话，观众会欣喜若狂，其实纯长调他们听不懂。但他们很熟悉合唱这种艺术形式，又有不同的文化来表现，非常奇妙。在艺术上这是非常难的事情。

蒙古族的艺术，先不说合唱，它本身很宽广辽阔，可能还有包容。这个音乐的包容性或者有合乎人心的一种东西，我说不太好，它就能被所有的人接受。我觉得蒙古音乐就有这种特质。你说旋律什么啦怎么样啦，这个我还说不太好。另外通过合唱的方式，将来学乐队的方式，这种方式我觉得是在全世界具有可比性的。你比如蒙古长调，蒙古族唱得最好，别的民族很难唱好。

小的时候对美的概念还不是很清楚，再看看我妈妈的照片，真是漂亮，那种漂亮是心底的美丽。我爸爸就为我妈妈从呼和浩特跑到扎兰屯去了。哈哈。

蒙古人有音乐天赋，但是训练起他们来也确实很难的，真是很难。都是一群野马。艺术家是按照自己艺术的想法走的，想让他完全驯服的话他很难接受。但是后来有了变化，训练到三四年的时候，再跟乐队合作的时候，乐队对他们就刮目相看了。再过几年，乐队的头都抬不起来了，他们唱得太好了。我爱每一个队员或者学生，但练不好的我就骂。

将来我要搞一个梯队，使这个团永葆青春，最好到蒙古包里找娃娃（这个团的大部分团员来自牧区）。我自己要努力过英语关，将来能与世界级的大师们在一起交流，只有这种同等级别的交流才会有更多的信息，才会推动中国合唱事业的发展。我们什么穷也不穷文化，中国各民族的文化走向世界是根本不成问题的。

2002年，你被中央民族歌舞团调了过来，成为北京这个文化中心城市的又一个蒙古族文化精英。从内蒙古走进了北京，对你的艺术事业是否有益？你怎样协调民族文化与都市生活的反差？

我来到北京，从我个人的发展角度讲是个好机会，可以面向全国，文化艺术氛围也好。这次进北京和刚开始进北京是不一样的。20世纪80年代辛沪光老师带我去见严良堃老师时，我一点信心都没有。后来我就成了他们家的一员，从艺术到生活，对我是百般照顾了。

那时的合唱团像一匹黑马，与传统的合唱概念不同，已经有国际化的成分了，只是我没意识到。

如今合唱团的指挥已经易人，团员也更新了许多，对我的调走，许多团员感到惋惜，但更多的人希望合唱团能够继续发展。

我在中央民族歌舞团能够接触到更多其他民族的音乐文化，也能看到自己的优缺点，同时，我认为能够保留自己民族灵魂深处的东西，蒙古人的烙印是抹不掉的。对于艺术，我认为：艺术家有时候是不能跟着观众走的。是领导者，要实践、改变、再实践、再完善。就是要创新。

娅伦还兼任中国音协青少年合唱联盟副主席，中国合唱协会常务理事，全国青联委员。2013 年从中央民族歌舞团合唱指挥调任中国音乐学院指挥系教授，这也是她钟情的一个选择。

2014 年 11 月 10 日，在北京举行的 APEC 峰会之后，热情好客的中国主人还给嘉宾们奉献了一场精彩的文艺演出，其中第二个节目无伴奏合唱《青春舞曲》演出完毕就引来一片掌声。《青春舞曲》由 500 余名演员以无伴奏合唱的方式完成，指挥就是娅伦。

在“2012 全国儿童歌曲大奖赛”上，娅伦指挥的内蒙古少年合唱团演唱的无伴奏合唱《卫拉特舞韵》以 99.2 分的最高成绩获得了少年组比赛金奖。器乐表演唱《江格尔颂》获得少年组铜奖。孩子们的精彩表演还为内蒙古少年合唱团赢得了表演奖。这两部作品的作曲家色·恩克巴雅尔获得作品金奖和铜奖，内蒙古党委宣传部获得这次活动的组织奖。同年，合唱团应邀赴奥地利参加欧洲合唱比赛，荣获青少年组金奖和民谣两项金奖。

在多次享受了升国旗、奏国歌的殊荣之后，娅伦与合唱团的全体成员再次感受到了自豪与神圣。由于娅伦她们的努力，民歌不仅回响在蒙古包周围，而且萦绕在世界音乐的殿堂。

娅伦格日勒，一个优美的名字。她是蒙古人，按说这个民族不缺歌唱家，但是这个民族过去没有合唱艺术，即使有，也还不是今天意义上的合唱艺术。是娅伦，把这个民族撒落在草原上的珍珠般的个体歌唱艺术变成了敢于在国际艺坛上争雄的由群体组成的高层次综合艺术。蒙古民族的优美歌声和那丰富迷人的内涵就这样通过娅伦挥动的手从草原飘到了世界歌坛。由于她，一个民族的原生艺术，升华为世界合唱艺术的经典之一。

现在，娅伦是中国音乐学院指挥系的教授，她在呼和浩特、北京、国外国内多地穿梭，苦并快乐着。荣誉对她而言是一个又一个的数字积累，她的艺术之路如同草原一样辽阔无垠，只有继续前行。

阿拉坦其其格

大漠长歌传心声

三个孩子，每月20元，不知该怎么花。

精打细算，不敢花。

不够吃，三个孩子（素萍）打猪草。

半斤油/每季，一人五两、红糖（一斤）、

偷偷地不能吃（死了也），皮、壳、！150元的钱（的钱），

只记得学节目过来，不记得长调。

1976年上了内蒙古艺校。长调完全不懂节

统统……，吃那些同学。 词。

1978年生了儿子，放寒假回家，再也不能了

招进乌兰牧骑，结婚后有2个月，2个孩子，

50天后的时候儿子去了。1980年上了团结，

我上了内蒙古乌兰牧骑。1982年当选，

1982年全国少数民族文艺汇演。

获奖。代表党，代表民族。

第一

长调。

NO.

Date

亚龙纸制品

“长调女王”阿拉坦其其格

2005 年，蒙古长调被联合国教科文组织列入“人类口头和非物质文化遗产代表作”名录。如果没有听过它，最好听一听；如果是第一次听，那最好听阿拉坦其其格的。再美好的词汇也无法形容歌声，唯一的办法就是听。中央民族大学研究员、蒙古族音乐研究专家乌兰杰（扎木苏）说：出生于牧区、在驼背（马背）上长大并能够演唱长调达到这个高度的艺术家，到阿拉坦其其格这一代可能就截止了——以后的长调歌唱家大都是学校培养的了。这至少说明，与故土和草原骨血相连的“大师级民间级艺术家”以后越来越少了。

1982 年她和阿拉泰、扎格达苏荣、阿·其木格等来京参加全国少数民族文艺会演，我们相聚并拍照留念，至今快 40 年了，这几位也都是著名歌唱家了。但对阿拉坦其其格的采访还是近几年的事情。

讲讲你的家乡和小时候的事情吧。

我出生在阿拉善盟阿右旗，我妈妈就是长调歌唱家，当然是民间的了。我的祖先可能有喀尔喀蒙古部落的血统。我小时候，妈妈出去放骆驼，我经常被放在家里，我一个人在家，不知该怎么过，一会儿哭一会儿睡，唱歌，骑骆驼——我 3 岁就被抱上骆驼，上学前就敢自己放骆驼，赶着几十峰骆驼早出晚归。有一次我经常骑的骆驼回来了，但我没在骆驼上，妈妈急坏了，过一会儿，我骑着一个小骆驼回来了。

在野外放骆驼遇到下雨时我就把毯子铺在梭梭树上，在底下挖个坑躲雨。饿了吃点干粮，喝凉水。有时还钻到羊肚子底下直接吃奶，吃着吃着就能睡着了。醒了，就看着自己的影子唱歌跳舞，跟小骆驼摔跤。看着失去母亲的驼羔哀鸣声，真是揪心，加上自己经常哭，唱歌时格外动情。

我上一年级时就骑着骆驼到旗里住校。自己带着炸果子，但经常不够吃，后两天就饿着。最饿的时候还吃过别人的瓜皮。老师们给我们洗头，抓虱子，那时候没有洗头膏，就用六六六粉（农药）。一个学期我只有 5 块钱，作业本是老师用废旧文件翻过来给订上的。老师的铅笔头小小的，拿不住了，还在用。一套衣服穿几个月，没的换。我们一年级只有 11 个学生，后来有的因为贫穷上不起学，有的病了，最后两个班合并成一个班。那个学校叫阿右旗上井子（额肯呼都格）巴温苏木学校。

但这一点也不影响我唱歌。记得是 1964 年的国庆，苏木里搞庆祝，老师把我抱上台，唱“戴花要戴大红花，骑马要骑千里马……”三年级后我就到努尔盖学校了。我在班里是文艺骨干，下课十分钟时间从来不停唱歌，还有人吹笛子拉胡琴伴奏呢。这个学校离家里近了点，直到五年级。我们那里的小学“文化大革命”时也没停课，中学停课了。

1969 年我小学毕业，1970 年到旗里上中学。那时候唱的都是革命歌曲，语文课是毛主席语录。1973 年上高一时我就进入旗乌兰牧骑了。当时不断参加武威地区的演出，耽误了自己的学习，我很想回学校，但那时候一毕业就要回乡当“知青”，我想，那不如就参加工作好了。

那时候不让唱长调，只能唱革命歌曲，我就在长调里填“革命化”的歌词唱。在乌兰牧骑当学员，每月 20 元工资，我不知怎么花，都锁在箱子里。家里的饭还是不够吃——我是独生女，但家里还有亲属的三个孤儿。春节时我们家有半斤酒、一盒大前门烟、一斤红糖。

1976 年我到内蒙古艺术学校（今内蒙古艺术学院）进修，教我的是著名音乐教育家照那斯图。但这次机会很短，只有 3 个月。

1978 年我生了儿子没几天，甘肃那边来通知了，西北民族学院要招学生，给我们旗里两个唱歌、两个舞蹈专业的名额。我动心了。我放下出生刚刚 50 天的儿子，到兰州上学了。走前放心不下幼小的儿子。我丈夫是医生，他说，没关系，只要有羊奶驼奶，儿子就饿不死。我一直用蒙古语学习，到了这里用汉语，又是很专业的词汇，太费劲了，我就用蒙汉语掺和着记笔记。开始几个月，奶水泪水一起流，怕学校知道了不让我上学。我的老师邵永静知道后带我去医院打了止奶针才控制住，就那么熬了两年，我毕业了。在音乐方面的专业训练就这么点儿。没想到以后我竟成了内蒙古师范大学的长调硕士生导师。

很传奇，很动人。你从乌兰牧骑怎么到的内蒙古自治区广播电视艺术团并在此工作 30 年？ 50 岁时参加本科自考是怎么回事？

1982 年我随内蒙古代表团赴北京参加全国少数民族文艺会演，获得了“优秀奖”(那时的奖不分级别)，而那一次唱的就是长调。

获了奖，好事情就来了——准备调我去内蒙古广播电视艺术团的人已经在那里等着了。获奖得到了 500 元钱，我买了个自行车，还给家里买吃的，5 块钱买了件睡衣，在北京时天天想吃酸奶。那些日子很快乐。

1983 年我正式调到艺术团。当时主要是为广播剧配音。1997 年我被评为一级演员。在文工团，演出的次数已经记不得了，演唱的歌曲也记不清了。唱歌是我生活的一部分，就像吃饭喝水一样是必须的。唱歌就像说话，我一点也不觉得唱歌是个累人的事情，所以，我唱多少歌也不觉得累。

1993 年我参加了第一届国际长调比赛（蒙古国），拿了一等奖，唱的是《金色的圣山》。蒙古国的评委说，这个女孩唱的像上个世纪的人，太特别了，我们必须给她奖……

我的演唱大家认可，还有不少人向我学习长调，叫我老师。可是我的音乐方面的学历很低，我需要这方面的知识啊。从开始唱歌就这样一直到退休，逐步离开舞台，好像没有做好准备就上路并且到达了目的地。我有点不甘心，我要证明我的能力。所以，在 50 岁的时候我做了一件事——考大学。

我喜欢心理学、教育学方面的课程，我选择了自考。2005—2008 年之间我考了 16 门专业，每次进考场，我都是年龄最大的考生，监考老师总要反复看几次，怀疑我是不是替考的，最后老师们也都佩服了。2008 年，我拿到了内蒙古大学蒙古语言文学专业的自考大学本科毕业证书。之前的 2005 年，我已经被评为内蒙古师范大学教长调的硕士生导师。这恐怕在全国也是少有的。我教的学生已经毕业好几批了。他们中有的还留校了，成为教长调的老师，有的获奖，有的加入了专业团体。

长调研究生的好处是既能唱歌又有理论。我对学生很严格，要求他们无论自己家是哪个部落（盟、旗）的，都必须学会唱一些其他部落的歌，这样才能是全面发展的歌唱家。

内蒙古有个“蒙古族青年合唱团”，发起于 20 世纪 80 年代末 90 年代初，由著名的合唱指挥家娅伦格日勒指挥。她带出了一支世界水平的无伴奏合唱艺术团，把原本在本民族内流传多年的民歌和新型创作歌曲以国际上通行的无伴奏合唱形式首次带给了世界各国观众，获得了多次世界合唱联盟举办的国际合唱大赛、奥林匹克合唱大赛以及各个级别的国际国内大赛的最高奖项，成为歌坛的一个奇迹。而你就是这个团领衔主唱长调的。在神奇的立体般的合唱中，你的天籁之音无与伦比，令人叹服，观众每每听到你的歌声就会流下感动的眼泪。

以这个团的模式为标杆，后来分解为不止一个团，但你的领唱无人替代。几个团的主打曲目也是之前该团奠定的基础。“内蒙古蒙古族青年合唱团”成为一个经典和里程碑，迄今无人超越。请讲讲这方面的故事。

这是个业余合唱团。那时候，没有场地，大家自愿组合，本来都是各个专业团体的演员，但为了一个共同的理想，聚合在一起。大家拿着蜡烛，每人还交2元钱的“团费”，可以买点谱纸之类的。有孩子的带着孩子晚上来排练，有时候孩子就在旁边睡了，大家继续唱。比在自己供职的团里排练得还认真，还严格。骑着自行车来，风雨无阻，有时候晚饭也不吃就来。大家没有任何功利目的，那般热情难以忘怀，现在一帮人聚会时回忆起来仍然很激动，甚至有点不理解自己——那会儿怎么会那么投入呢？多么纯洁的状态呀？这个团是松散的，大家随时进出，很多人陆续走了，又有新人进来，因为有年龄限制，过40岁就得离开，要保持“青年合唱团”的状态，很多人哭着不愿意离开，那个情景真是又难过又感动。我坚持到了最后，娅伦也不让我走，因为没有人能代替我的声部。

那几年的排练相当于进了一次音乐学院了。上大学也学不到这么多东西。合唱是高雅的艺术形式，我是领唱，自然练得要多一点，娅伦和我们配合得很好。她是一个杰出的指挥，没有她的话带不出这样高水平的合唱团。现在内蒙古和北京的很多合唱团都在唱我们那个时候排练的作品。

那个时期出了很多精品。我们唱的《陶爱格》(劝奶歌)现在很少有人听得懂了。游牧生活离我们远了。像《孤独的驼羔》等作品，我给大家讲这些故事，因为我有这样的生活，一边讲，大家就哭着唱。

唱歌是快乐的事情，音乐无国籍。我们在瑞典演唱时，他们在哭。我们问译员，他们懂歌词吗？回答说，你们的音乐让人深受触动，热血沸腾！

内蒙古党委宣传部、内蒙古广播电影电视局、内蒙古文化厅颁发的3份荣誉证书上印着：

阿拉坦其其格同志：2000年在奥地利举办的首届国际奥林匹克合唱大赛中，您作为成员的内蒙古蒙古族青年合唱团荣获了民歌有伴奏混声合唱、民歌无伴奏混声合唱、室内混声合唱比赛三项金奖，为祖国、为内蒙古自治区争得了荣誉。特发此证，以资鼓励。

阿拉坦其其格同志：2002年在韩国釜山举办的第二届国际奥林匹克合唱大赛中，您作为团员的内蒙古广播电视艺术团合唱团荣获了有伴奏民谣、无伴奏民谣、混声合唱三项比赛冠军，为祖国、为内蒙古自治区争得了荣誉。特发此证，以资鼓励。

阿拉坦其其格同志：2007年在法国图尔举办的第36届国际合唱比赛中，您作为团员的内蒙古广播电视艺术团合唱团荣获了混声合唱银奖（金奖空缺）、自由式演唱银奖，并获得了合唱大赛首次设立的传统音乐大奖，为祖国、为内蒙古自治区争得了荣誉。特发此证，以资鼓励。

讲讲你拍电影的故事吧。之前你没有当过电影演员，你母亲更没有，但是你们母女俩都出演了，并且你母亲达西玛还获得了一个表演奖。据说这是有关长调的第一个电影。

我拍了两个电影：《长调》《地图》。

《长调》讲的事儿与我的经历很相似，所以，我这个从来没有“触电”的人也能演了。而且我妈妈也参加了演出，一家人参加电影演出，也是很新鲜的事儿。《地图》里我的戏不多，但也和长调有关。这也算我们为蒙古长调做的另一种形式的传承吧，哈哈。

2007 年，内蒙古的编剧冉平、导演哈斯朝鲁说要拍一个有关长调的电影，就认定我了，电影是给内蒙古自治区成立 60 周年献礼。我也没演过电影，但长调这个题材我喜欢，就答应了。

我还在中央民族大学代课，在北京与呼和浩特之间跑，还抽空学开车，再鼓动我老母亲一块演，外景在阿拉善盟、锡林郭勒盟、北京、呼和浩特换着拍，总算拍出来了，还得过一些奖。更重要的是我通过拍电影明白了很多事，调整了精神状态，对我之后的人生道路是有帮助的。我丈夫由于心脏病猝死离去，为此我好几年都走不出来。于是，上大学、到中央民族大学讲音乐课、拍电影、办长调培训基地等，成为我解脱的方式。

《长调》中的台词：“台下坐满了观众，但我好像不知道给谁在唱，那个唱歌的人不是我。巴图（剧中男主角）走了，我的灵魂也随他而去。”好像就是给我写的。

电影里我唱的是《金色的圣山》，是我母亲教我的。《金色的圣山》和我母亲还有一段传奇而悲伤的故事。

小时候我妈妈的歌声就陪伴我入睡、成长，其中唱得最多的就是《金色的圣山》，我是听着这首歌长大的。母亲给我讲述了有关这首歌的故事。那是 1944 年，母亲也只有 8 岁，她的妈妈（我姥姥，叫漠古）告别了丈夫和三个年幼的孩子，回乡探望自己生病的姐姐。谁知道正赶上中蒙划定边界，新边界立刻关闭，正身处蒙古边境一边的姥姥只好随当地的牧民被迫向北迁徙。就这样，无意中一家人被边界线隔开了。开始两边还常有书信往来，得以互报平安。可在国家政治关系无常期间，由于社会的动荡，这仅有的联系方式也中断了。从 8 岁就离开了姥姥的母亲唯一记得的就是从姥姥那里学会的这首《金色的圣山》，每当唱起它，便又会回想起母亲的疼爱，想起一家人在一起时的快乐时光……随着国家形势的不断改善，特别是改革开放以来，我的艺术道路也越走越宽。我演唱的歌曲开始通过内蒙古的电台、电视台广为传播。电波竟然跨越了国境传到了蒙古国，传到了我姥姥耳中。听到收音机里传来自己年轻时常唱的旋律，与亲人失散多年的姥姥似乎看到了希望，又向国内发出了寻亲的讯息……就这样，分别了近半个世纪的一家人又得以重逢了。

我妈妈 8 岁与母亲分别，直到 53 岁才重逢，我姥姥见了我妈我舅昏过去一个多小时才醒过来。从此每天晚上搂着三个失散的孩子睡觉，一家人温暖地团聚了两个多月，我妈妈我舅舅他们回来几个月后，我姥姥就去世了。去世之前，姥姥每天夜里去掀开一个脸盆看看——那里是儿子尿过的地方。这个细节后来的电影《长调》里被再现了。

阿拉坦其其格登舞台的时机减少了，但她的艺术感染力和人格魅力丝毫没有减弱。她在不断参加演出的同时，更多地转向了培养下一代的事业上，因为她还有一个身份——“国家级非物质文化遗产代表性传承人”。当然，热心培训，传承文化，更多的是感恩——感谢长生天、成吉思汗、蒙古民族、所有的亲人以及给她提供舞台的内蒙古广播文工团，还有帮助过她的所有人。

因为演出的事儿少了，自己又喜欢唱歌，总有小孩来请教。而长调面临传承危机，人才短缺，我就想到了办培训班。很多人包括一些政府机关尤其是阿右旗政府支持我。2008年，我开始了对少年儿童的长调培训。我没有什么钱拿出来去做慈善事，但我有演唱技艺，有祖先传下来的文明和感情，可以无偿地奉献。

我到处化缘，设立基金会，设立“阿拉坦其其格长调培训中心”，带着孩子们去演出，有人就有希望。我是一个驼背上长大的歌手，到今天这个程度已经很满足了。我母亲从她母亲那里学，我又从我母亲那里学习……我必须把这个艺术的火炬传下去。我给孩子们做饭，教唱歌，跟他们玩儿，一会儿喜欢，一会儿训他们，完全像对待自己的孩子。他们也喜欢我，从不拘束。

我招的都是牧民的孩子，贫困的孩子。他们喜欢唱，但有些家长不愿意，觉得可能耽误上课。但这些孩子们很争气，有一个上了内蒙古师范大学附中特长班。我在阿拉善盟的阿右旗、阿左旗都办了班，在赤峰阿鲁科尔沁旗也办了一个培训中心，后来我到北京住，就在北京也办了一个假期班，每年寒暑假把一些优秀的孩子们招来，强化训练。我给他们做饭，一起玩，我母亲也教他们。还有志愿者来帮忙，都是为了一个目的。尽管条件艰苦，但是我们很快乐，孩子们也愿意。我还专门给老师们办班，一方面教他们唱歌，一方面也是业务交流——他们回去再督促学生们练习。

2008 年 3 月，在我的故乡阿右旗成立了“阿拉坦其其格蒙古长调培训中心”，2012 年 10 月，在阿右旗旗委和旗政府的支持下，建设了两万亩绿化草场及 436 平方米的“阿拉坦其其格蒙古长调传承基地”。它将面向全国乃至国外，与城市里的培训班不同，这里将有牧区生活，孩子们可以在这里看到骆驼、羊群，感受游牧生活，这对他们唱歌有很大的帮助。我母亲现在家里缝牛粪口袋——我们那里捡牛粪（驼粪）用口袋而不用筐，已经缝了几十个了。

我的小学员非常可爱聪明，他们愿意跟我学，有好几个都考上了以长调为特长生的艺术学校，还有的在中央电视台和内蒙古电视台录制节目，小学员江层卓玛、敖斯尔卓玛分别参加了第二届、第三届“哈扎布杯”全国蒙古族长调大赛，均获二等奖，很多在内蒙古自治区级比赛、阿拉善盟和旗级比赛中获奖。参加比赛是为了让学员知道自己处于什么样的水平，有一个交流学习的机会。

如果说演唱是创作的话，那么培养人才更是高层次的创作了。

近年来，我在自己的家乡阿拉善创办“阿拉坦其其格蒙古长调传承培训基地”，并在北京、青海、呼和浩特、包头、鄂尔多斯、阿拉善、克什克腾、阿鲁科尔沁等地举办长调传承培训班及教学基地，致力于培养青少年一代长调传人，共为1000多名蒙古族长调民歌爱好者免费授课。虽然这里建立了长调基地，但是沙漠里的基地挺艰苦的。没有自来水，需要去很远的地方拉水过来。学生逐渐减少。

成为传承人，我觉得这是一个任务，要做一些实际的工作。这么多年父老乡亲鼓励我、培养我成为一个艺术家，我怀着感恩的心，就想从娃娃抓起，做长调的传承。蒙古长调本身就是游牧民族传承下来的艺术形式，歌的内容、故事情节跟大自然息息相关，我觉得学校必须要在距离城市比较远的地方，没有繁杂的干扰，并且在那种有游牧生活形态的地方。

我们每天早上起床第一件事就是转敖包，孩子们既可以牢记自己的文化又可以锻炼身体，转完敖包，就开始我们的传统长调的练声法、练气法，我带着孩子们练习，因为长调篇幅长，需要有很多气息的支撑，所以老一辈的人就传下来几种方法——数葫芦、数瓶子之类的。练习完后我们会让孩子们做一些娱乐活动，因为这边气候太热，白天几乎不能在外边待着。

我对这些孩子的教育不仅仅是学习长调，还要让他们能从小自立，从洗碗、打扫房间开始，帮助他们从小就能自理。以前自己的袜子和被子都不收的状态，到如今回到家会把爸爸妈妈的衣服都收好了。很多家长对这样的改变也很惊讶，并且很感谢我。

我让孩子们学习唱歌的时候，还是让他们用自己的母胎声音。人的声音从哪里来？人的声音从娘胎里来，从呱呱坠地第一声啼哭，就是人类最初的声音。我是让孩子们保留这个声音，用他们自己的嗓子作为基础来给他们调整如何延长气息、如何吐字、把控韵律，慢慢到给他们教试唱。让他们能在歌唱中把握好音调、音准，这很重要。我还是让孩子们自然地发声，这个跟音乐学院那种开嗓不一样，对孩子们我是另外一种教法。

我是独生女，我儿子也是独生子。我的学员却很多，这几年里也有几百上千了吧。我喜欢跟孩子们在一起，不仅是唱歌，我也当成家教的机会。

唱歌不一定要发出很大的声音甚至去喊，好像是给别人唱的。歌声是从心底涌出来的，是你心灵的表达，像说话，是你自己的对话，自言自语。你自己陶醉了，别人也会被感染，听起来也舒服。比如唱《金色的圣山》时，你就要想到亲人分离，隔着一座山，很遥远，思乡的感觉很强。唱《孤独的白驼羔》时，就要想到那个情景——小驼羔失去母亲，又饿又冷，看着别的驼羔都有妈妈，有奶吃，它越发痛苦，发出凄厉的哀鸣声，别高兴地快乐地去唱这样的歌……如此才会打动自己，也会感动别人。先不要刻意地去考虑换气、呼吸等问题，心里有了歌，气息自然就顺畅了。

唱歌时想到自己美丽的家乡，父母亲人，骆驼羊群等，轻轻地哼也好听。唱歌时要安静，女孩子一定要安静，控制着声音，轻易别放出声。

学生是我招考的，选择有天赋的，有培养前途的。我布置作业，把歌词写几句，让学生们根据歌词画出那个情景来，有的孩子就画得很好，把她记忆中的蒙古包、花草、爸妈都画出来。这样她理解歌词就深刻了，演唱自然就会好。

我还教他们学习民族乐器，之前教他们学习钢琴——从小要固定音准，一开始就学习民族乐器，音准不易确定。所以要规范化、标准化。

我带领孩子们早晨煨桑——在家门口敬祖、敬长生天，每天如此，感恩上苍和祖先给我们美丽的家园和幸福的生活，心中有神，想想今天要做什么。用奶茶、香草等，早晨洗漱干净后郑重地来敬，这是一种仪式，所有的敬畏感就在此时形成，以此来净化心灵，心灵净了，自然有歌声。

回家要尊老爱幼，懂得礼让，捡柴火时不要捡那些有生命的——捡已经枯死的。玩的时候要尽情地玩，疯狂地玩，然后学习时把心收回来。

凡事需从娃娃抓起。小时候学的东西一辈子不忘。我们有教材，有多年收集的长调素材，我们培训班的老师也在学，跟学生同步学。各地的长调不一样，每个旗都不一样。我母亲会唱一百首。

以后，孩子们唱长调，可能在技巧上会很好，但是，游牧的环境在改变，游牧的生活越来越远离我们，草原也在缩小，长调的命运如何，不好说，但我们会加倍努力的，它是我们文明的精华，要保存下去。

长调老艺人的相继离世和游牧生活方式的逐渐消失，导致长调的产生环境改变了，危机随之而来。现在也很矛盾，很多传统的游牧生活没有了，很多年轻一代是没有那种蒙古包、草原的生活经历的，也没有游牧的状态，没有四季牧场的概念。这对于我们对长调的理解，传统文化的保护，其实还是会有影响，甚至是一个危机。

蒙古长调诞生在草原，悠扬在马背，是人类音乐艺术的珍宝。如果把在草原上听长调看作十分的话，那么在沙漠戈壁听长调，恐怕还得加一分，像阿拉坦其其格这样有长期放牧体验、生活遭遇大起大伏、具有过人才华的歌唱家唱长调，还得再加两分。

玛拉沁夫

蒙古族文学史的高峰

——从《敖包相会》说起

为建立中国少数民族文学理论体系和培养少数民族作家群付出了大半辈子的可敬可贵的努力。1954年，24岁的他提笔给茅盾、周扬、丁玲写了一封信，提出"中国历史是各民族创造的，中国的文学是各民族的文学，……"，显示出不凡的勇气和见识。这也是各民族作家的心声。此信发表在《作家通信》中，并决定了1955年4月由作协召开首届兄弟民族文学座谈会，由老舍先生主持。这是个划时代意义的会议。

　　文革结束之后，玛拉沁夫又提笔给中央宣传部写信，再次呼吁对全国少数民族文学给予关心帮助和管理。此信的结果是中国作协召开第二次少数民族文学讨论会，不久又创办《民族文学》，把玛拉沁夫从内蒙古调来出任主编兼任中国少数民族文学学会会长。

玛拉沁夫展示《草原上的人们》电影剧本原稿（2006 年）

认识玛拉沁夫先生之前，《十五的月亮》已经听了无数遍，甚至可以说我是听着这首歌长大、变老的。我最早拍摄玛老的照片是在1981年北京那达慕上，他自己举着伞坐在简陋的课桌旁看首届北京那达慕，那时候乌兰夫、杨静仁等国家领导人也是自己举着伞观看。首次采访玛老至今也已近三十年了。通过文艺作品追寻到它们的缔造者是一件极为令人兴奋的美遇。我有幸成为记者，几乎能够随心所欲地拜见自己崇敬、喜欢的人物。仅仅是采访通过歌曲熟知的作曲家、作词家就有几十位，每一次的采访都成为追星愿望超级满足的过程——一般追星可能匆匆见一面或签个名合个影，我可以采访之机多次见面并聆听他们的艺术历程，反复地挖掘作品背后的故事，不仅丰富了歌曲之外的知识、强化了欣赏，而且还做出图文报道分享给更多的读者或听众。据说钱钟书先生曾婉拒来访的记者：你们觉得鸡蛋好吃就行了，何必非要见那只下蛋的鸡呢？我不，我一定要见，因为我的兴趣、职业乃至使命，都让我必须追逐所有可能见到的精英人物，他们是民族与国家的脊梁，我们要通过媒体把榜样的影响力最大化。

拜访玛老的理由很多：敬重的蒙古族文学家，他的小说《科尔沁草原上的人们》就是我家乡的故事；当代中国文学史包括内蒙古文学史的见证者，很多事情还是创建者；“常青树”般的报道对象；直至他推荐介绍我加入中国作家协会……见到玛老，自然也离不开《十五的月亮》（《敖包相会》）的话题。

玛老，还得聊那些老问题哈。不过这次我准备写一篇东西，因为有人问我的时候我答不上来，但也不能忍受一些人的误解，必须澄清。比如，电影《草原上的人们》插曲，当初的歌名是《十五的月亮》还是《敖包相会》？

哈哈，都不是。当时就是电影的两首插曲之一，没有歌名。后来是谁改了名已经不知道了，大家喜欢就好，我从不关注这些，都是过去的事情了。我已经 90 岁了，快一个世纪了，什么样的风雨都见过了，不愿意提这些往事，既然你问了我几次，那我就说点吧。

那您讲讲从原作小说到成为电影剧本的经过吧。21 岁写小说发表在《人民文学》上并且被全国多家媒体转载，甚至直接调来北京改编剧本拍电影，堪称文学史上的奇迹。

1951 年我写了个比较长的短篇小说叫《科尔沁草原上的人们》，当时写完了还不知道这算什么，就拿给内蒙古文工团我同宿舍的作家漠南（安柯钦夫），我说写了个东西，你给看看，算不算小说啊？他看了以后说“大概算小说吧”。就这样，勉勉强强像个小说。那时候汉语也不太好，填表时人家说填“履历表”，我读成“复历表”，但年轻啊，无所畏惧，直接投给《人民文学》杂志社了，没想到发表在《人民文学》1952 年第一期上，但由于提前出刊，实际上 1951 年底就看到了。没想到一篇打响，连《人民日报》都发表“文化简评”，说是“新人新时代新道德”等，认为是代表了时代的价值观。一时间很多报刊转载予以肯定。

这样大规模地刊登，引起了很多高层领导的注意。有中央领导指示说要拍成电影。中央电影局马上安排我到了北京，而且是直接调到隶属中央电影局的中央电影剧本创作所。

据说当时中宣部副部长胡乔木拍板定下来要拍电影。中央电影局下属有个中央电影剧本创作所，丁玲是所长，王震之是副所长，管电影剧本业务。

1951 年，直接把我从内蒙古文工团调来，带着户口和工资关系，成为北京人了，但我心里一点也没有激动啊，成为北京人的自豪啊、膨胀啊等都没有。为了在草原的环境里写作，1954 年我带着户口和工资关系等又回到了内蒙古，而且直接下到了察哈尔盟明安太仆寺联合旗（简称明太旗，今锡林郭勒盟太仆寺旗）成为挂职旗委常委兼宣传部长直至 1956 年，主要工作是体验生活。1958 年我奉命到了包头，那时候正是轰轰烈烈建设包钢的时期，我写出电影剧本《草原晨曲》，其中的这支歌曲（通福作曲）播放至今，成为包钢的“厂歌”。这是后话。

我在创作所见到了两位资深导演干学伟和王震之，他俩分别是电影《内蒙人民的胜利》的导演和编剧。与他们商议的过程中我发现自己有两个问题需要解决。一是我从未写过电影剧本，连小说都是第一次写。当时是新中国成立初期，汉族同志里的资深编剧也不多。二是时间紧，我到北京是春节后，马上要写出来，还得赶季节拍，因为草原上的草 9 月份就发黄进入打草季节了。

王震之对我说，两个事情要注意：一是民族宗教问题无小事，不能违反这方面的政策；二是不能违反民族生活习俗，不要有侮辱性的东西，要尊重生活真实。

他说："我是一个汉族同志，不知道蒙古族的生活习惯，所以，就算是你没写过剧本，也得拿出第一稿来，中间的几稿可以由大伙儿讨论，最后一稿也得你来定！"我虽没经验，但我是原作者，熟悉蒙古族的生活，又是电影局的任务，当然也就硬着头皮上了。这说明大家对我是信任的，在民族题材上又是谨慎的。

时间紧，要尽快定下创作班子。因为那两位导演有别的任务，上面就指派了海默同志当该片编剧。海默是汉族，长我几岁，海默同志不懂蒙古语，我们需要分头下去体验生活，为此我又邀请了内蒙古文工团的达木林同志来给海默当翻译。就这样，我们三个组成了剧本改编小组。1952 年 4—5 月，我们就赶到呼伦贝尔的新巴尔虎左旗草原体验生活。去呼伦贝尔草原是我提的，一是那里草原漂亮，二是我土改时在那里住过，熟悉。我们住在牧民家访问，跟着他们转场，走牧业点，那一个月过得特别丰富。

我想，我没写过电影剧本啊，别说写了，看的电影也只有苏联的几个电影，整个内蒙古的电影也只有《内蒙人民的胜利》一部。连小说发表前还不敢肯定是不是小说呢，请组织上派个老同志帮忙吧。当时大家都忙，但我只有 21 岁啊，那个情况也确实需要有经验的作家帮忙，就指定了海默同志帮我。

海默也在创作所里改本子，手上有抗美援朝的本子，住我隔壁，忙着呢。他就跟我说，玛拉沁夫同志，原作是你，草原的事情你最了解，蒙古族的习俗你了解，还是你来写，执笔，有什么问题你随时问我就行。创作所也是这个意思，他们觉得民族、宗教都是要谨慎面对的事情，别闹出笑话或者犯错误。所以他们坚持至少第一稿和最后一稿即送审稿必须要我来写，等于是让我两头把关。

把一个短篇小说改成一个多小时的电影，要加很多东西。小说里没有那么大的容量啊，对我来说又是个难题。我那时候都是手写，然后交给打字员打字，现在我还留着当时的油印稿子呢。其中有两支插曲，还有音乐，还有蒙古族著名说书家毛依罕先生的一段真实演唱。

歌词和剧本都在一起，当时没有专门的歌名，就是到了男女主人公萨仁高娃和桑布约会见面时歌声便响起。歌词是：

男：十五的月亮升上了天空哟，为什么旁边没有云彩？我等待着美丽的姑娘哟，你为什么还不到来哟。

女：如果没有天上的雨水哟，海棠花儿不会自己开。只要哥哥你耐心地等待哟，你心上的人儿就会跑过来哟。

合：只要哥哥（妹妹）你耐心地等待哟，你（我）心上的人儿就会跑过来哟。

另一首歌词是：

百灵鸟双双的飞

是为了爱情来歌唱

我们努力地工作
是为了幸福的生活
啊嗬咿，啊嗬咿……
我们驰骋在草原上
建设着祖国的边疆

我原来的歌词里是“萨仁高娃你为什么还不到来哟”，海默同志看了以后说，改成“美丽的姑娘哟”吧。这个提议太好了，所以最后的歌词就这样定了。剧本写好之后，中宣部拍板定下，马上赴草原拍外景，否则季节就过了，要等到明年了。电影上的字幕是“根据玛拉沁夫小说改编”，“编剧：海默、玛拉沁夫、达木林”。我考虑，海默是老同志，一定要放在前面，达木林虽然是翻译，但几个月来大家一起工作，一直跟我们体验生活，一块改稿，彼此都非常融洽，他本身也是作家，一块署名吧，如果写“翻译”就显得很不顺畅。那时候大家都没有名利思想，改编、写作都是本职工作、组织交办的任务，完成就好，一分钱稿费没有，也没有人想到这些。署名也是，那时候“集体创作”的文艺作品很多，其他领域也是，绝对没有谁提出署名要报酬之类的。歌曲流行了，谱曲是通福同志，其实电影的前面音乐署名是“向异、通福”，向异主要是负责背景音乐，但歌曲流行之后，都写成“海默词、通福曲”。我从没争论过此事，一是无所谓，整个小说原著、剧本改编都是我，何论其中的一段歌词呢？二是海默老同志的确帮过我。拍摄这部电影的导演徐韬同志去世了。作曲家通福是我的朋友，一个文工团的，也已经去世。此曲来自蒙古民歌，自然是通福熟悉的领域，我俩一块讨论用蒙古民歌的旋律改成现在的歌曲。顺便说一下，这首曲子那么好听，也是吸收了传统蒙古族民歌的旋律改编而成的。因为有个重要原因就是那时候新中国刚刚成立，还没有来得及正式按照作曲理论、系统教育培养出“作曲家”，写音乐的人们受到的熏陶就是来自民歌，在那个时代的很多音乐作品里都能找到民歌的痕迹。

男主演恩和森后来成为著名的电影表演家，也已不在了，电影作曲之一向异也去世了，女主演乌日娜还在，也 90 岁了。

6 月份我们到了北戴河电影局的别墅，拿出了提纲。那时候剧本提纲也要上报。

按照提纲的要求，我写出了第一稿。有对话，有描述，用油印机印出来，8 月份就上报到电影局艺术委员会。这个委员会是从技术上把关的，主任是蔡楚生，大导演。他们的任务是把我这“小说化”的东西尽量“电影化”。后来又改了多次，经过当时的中宣部文艺局局长周扬拍板，终于可以拍摄了。

那时候，拍电影是个分工细致的工作。小说是小说，编剧是编剧，导演是导演，各自分工。因为情况特殊，我已经是有点“越权”了。所以，剧本搞定后，我就经丁玲同志批准，到中央文学研究所（今鲁迅文学院的前身）研究生班学习，剧本就交给导演了。

从主创人员名单上看，绝对是当时的最强阵容，现在看，

这些都是大家。您谈谈徐韬导演和拍电影的经过吧。

要说徐韬，就得从我的电影处女作《草原上的人们》说起。

我知道徐导演的大名，是看了《一江春水向东流》，他是那部经典电影的助理导演。他是电影界名人，我是个21岁的青年作者。我们相识是在他确定执导电影《草原上的人们》时，由东北电影制片厂拍摄，就是现在的长春电影制片厂。

上级指定让徐韬来担任导演，但演员、作曲家等都没有着落，我还得管。我找了内蒙古文工团的小提琴手、作曲家通福，那时候他还是叫“达斡尔－蒙古”，即蒙古和达斡尔还没有分民族呢。民族识别是1953年以后的事情。他对蒙古族民歌掌握得好。男主角我找的是恩和森，他演过《内蒙人民的胜利》，算是有经验的优秀演员了。女主角我找的是内蒙古文工团的舞蹈演员乌日娜，她比较泼辣，胆大，适合这个角色。不仅主要演员我点将，次要演员我也点。

徐韬导演见到我就说，玛拉沁夫同志啊，你得帮帮我呀。他为人非常谦和，一见如故。我本来是要去学习的人，还得帮他组建班子。他相信我，说，你是原著者，了解情况。我就提议去呼伦贝尔草原，9月，已经是接近草原的枯黄季节了，必须马上去抢拍外景。于是徐导就带着百十号人开往草原。我就去学习了。

徐韬接过剧本后，没有接触过蒙古民族的他善于采纳别人的意见，他找了东影（今长影）的朱文顺做副导演，找了蒙古族的广布道尔吉做导演助理。加上大量蒙古族演员的介入，当地政府的大力支持——要人有人，要马群有马群，拍摄现场人山人海，大家特别高兴。9月份进入草原，很快就拍完外景。这都是徐导演的功劳。他善于组织大家，使这个团队十分和谐，善于听取别人的意见，非常敬业，从来不单独吃饭搞特殊化，总是与大家吃住在一起，没有发生什么不愉快的事情。

拍完之后，我去看了样片，就是送审片。当时周扬、陈荒煤等领导坐在我身边，蔡楚生等名家也在，我心里特别紧张，手心直出汗，就怕给否了。

看完后，周扬说，挺好嘛，那个男女拥抱的场面，下不为例啊。大家都笑了，算是通过了。有一些技术性的问题，大腕史东山亲自剪辑。

这个电影创下了多个纪录：第一个少数民族的故事片，影片获文化部故事片三等奖，男女主演都成为著名艺术家，影片插曲流传至今。1954年，周恩来总理到日内瓦开会，见到电影艺术家卓别林，特地把女主演乌日娜调到日内瓦去陪同接见卓别林。

1956年，全国的青年作家开会，有许多青年作家来，周恩来总理听了汇报后说，别的我不见了，就让玛拉沁夫来吧。把我叫去谈了一个多小时。

我结束两年学习后就直接要求下基层，到内蒙古的太仆寺旗当旗委宣传部部长，算是体验生活，挂职锻炼。三年后我回到内蒙古主持筹备成立中国作家协会内蒙古分会，任常务副主席，同时创办《草原》《花的原野》蒙汉语文学杂志并任主编。

这个情节很有意思，所以我采访了女主演乌日娜，她清晰地记得那次会见。顺便又回答了关于这部电影的一些细节，算作本文的一个插曲吧。另一个插曲是演唱这首歌几十年的歌唱家拉苏荣、金花，凡演出必唱此歌，不止在国内唱，还唱遍了五大洲。

乌日娜：1954 年我们一行十人作为中国电影代表团出席在捷克－斯洛伐克举行的电影节，紧接着还有在德国（东德）举行的电影周，中间有几天时间等着。正好周总理在日内瓦会见大电影家卓别林，就问附近有没有中国的电影家，结果我们就在，马上调了 5 个人去了日内瓦，我是其中之一。

我们见到周总理和卓别林，一起吃了饭，还放映了电影《梁山伯与祝英台》。主演范瑞娟也在场。

我是舞蹈演员，跟玛拉沁夫是同一个内蒙古文工团的，他找到我说你来当女主演吧，就去了。我们团的还有鄂长林、树海、朝鲁、说书艺人毛依罕等。在呼伦贝尔盟拍了一年半，四季的景色都有，按当时的规定，我们算公出，每天有几毛钱的补助，拍完就走，其他报酬统统没有，那个时候讲究服从组织分配，让干什么就干什么。

那个巴音胡硕敖包是古老的敖包，但是在那个年代有点失传失修的意思，周边长满了草。我们拍的时候蒙古语译制组的人们就准备了，一拍完，译制组的人们就同步进入长影，可能也有达木林吧。所以电影的汉语版上映不久，蒙古语版的也上映了。蒙古语版的《敖包相会》女声就是敖登高娃唱的，男声是普力吉唱的。汉语版的是长影乐团合唱团的人唱的，名字记不清了。

拉苏荣：金花我俩合作唱了几十年《敖包相会》，每次都唱，不管前面唱什么，最后得拿这个压轴。大家都会唱，演出效果最好。当然我们唱一定要唱出蒙古味道来。这个还是我们的优势吧？不只是在国内唱，我们去过的所有国家都唱过，成为世界名曲了。那时候金花还在乌审旗乌兰牧骑，我在杭锦旗乌兰牧骑，后来我们都调入内蒙古歌舞团，后来我又调入中央民族歌舞团。每次大型晚会、录制节目都会对唱这首歌。

金花：1965 年开始我就和拉苏荣合唱这首歌，作为乌兰牧骑代表队常年在全国巡回演出，至今唱了几十年，永远是保留节目。1970 年拉老师把我介绍给中央广播艺术团的指挥聂中明老师，说我“声音甜得像西瓜瓤子”，那年录制了很多革命歌曲。1987 年我俩唱的《敖包相会》登上了央视春晚。后来唱着唱着他也老了，我也成了大胖子，但是在舞台上仍然说“英俊的小伙子”“美丽苗条的姑娘”，观众总是哈哈大笑，很开心。

通常作家能够写好作品就很不易了，文学作品转化为电影便是一种扩展和升华，如果再为作家们做组织服务工作，那就是一种奉献了。玛老正是这样的人。在“文人相轻”的陋习中，做到这一点弥足珍贵。

身为作家，玛拉沁夫创作了《草原上的人们》《草原晨曲》《沙漠的春天》《祖国啊，母亲》（获第一届全国少数民族文学创作评奖一等奖）4 部电影，其中的插曲都流传下来，等于有 4 个电影留给了电影史。这大概是 2017 年他获得第 31 届中国电影金鸡奖“终身成就奖”的原因吧。

我们这一代人是听着、唱着这些歌曲长大、变老的，我们受到的教育和美育是纯净、正直、阳光、乐观、美好、善良的，半个多世纪的实践证明，真善美是永恒的，主流的。玛老如今 90 高寿，一切名利均已成为浮云往事，但飘去的是浮华，沉淀的是果实。

从传播学角度看，一首歌曲大家喜欢，需要一个简单明了的歌名也是必然。电影插曲成为其文学和电影的符号以音乐的形式继续流传。这就是文化、奇迹，再过一百年可能就叫“传说”，二百年以后可能就叫“民歌”了。现在一些电视节目上已经打上“民歌”字样了。

至于后来一些研究民俗的人们说“蒙古族妇女不参加祭敖包”或是某些导游说“敖包就是约会之处”云云，皆由歌名《敖包相会》望文生义而来，每每我听到这些说法都觉得实在是误解、冤屈了玛老。

我参加过多次祭敖包活动仪式，出版了若干本蒙古游牧方面的书籍。祭敖包活动在所有祭祀、礼敬仪式完成之后是要举行那达慕的，那是不分男女老幼的，或者说是依靠全民参与的。实际上现在的祭敖包已经成为全民参与的盛大喜庆活动了。它发源于敬天地神灵，求先祖保佑，祈盼风调雨顺，人民安康、五畜满原。同时成为远近相见、举家同庆、文体大会、商贸经济、发布告示、表彰先进、展示成就、预祝未来等多重内涵的综合聚会。

同时，敖包在茫茫草原上是绝对的标志物，是本地区人们熟知的地标性参照地。如同到了北京说咱们在南河沿大街见吧，恐怕知者不多；如果说是天安门东侧便立刻明白。电影里男女主人公桑布和萨仁高娃正是在这里约见表述心愿的。而此时的敖包并不是处于“祭祀”状态中，所以关于“敖包不是相会的地方”的议论是望文生义。

在文旅合璧的当代，如今的祭敖包不仅是全民参与无分男女老幼，完全成为一个民族乃至多个民族各界人民参与欢乐的综合大聚会，它从祭祀习俗发端，演变为涵盖文体、经济乃至政治的巨大平台，发挥着无可替代的、传承民族文化、促进民族团结的积极作用。在这样的时代变迁大潮下，人们也得学会接受任何更新即哲学所说的“扬弃”。

当年拍摄电影的外景地是现在的呼伦贝尔鄂温克族自治旗巴彦呼硕草原，距离呼伦贝尔市府所在地几十公里，水草丰美，民情丰富。这里如今成为著名的旅游打卡地，玛老题写的“天下第一敖包”巨石矗立在敖包前方。原本的敖包寂静而神圣，如今借助艺术，这里的旅游如火如荼，成为草原经济发展的动力之一。

玛拉沁夫是内蒙古作家协会的创始人、内蒙古文学事业的主要奠基人，在新中国成立初期为内蒙古和蒙古族作家队伍的建设和文学作品的百花齐放做出了突出贡献，见证了内蒙古文化艺术事业的建设和发展过程。《敖包相会》仅为其电影作品之一部分，非文学成就之全部。长篇小说《茫茫的草原》(上下）是其史诗级巨作，已经翻译成俄文版出版。

1955年他致信有关领导提议：“我国的文学应当是、也一定是中国各民族的文学。即中国文学的发展是中国各民族文学的发展。”得到中国作家协会积极回复响应：“为了了解各兄弟民族的文学状况，拟在四月间，召开一小型座谈会，交换情况，提出问题，并由座谈会进行准备，向五月间举行的中国作家协会第二次理事会会议，提出关于如何开展各民族文学工作的报告……”双方的来信都发表在《作家通讯》上。一个25岁文学青年的直言抒怀与中国作协的回信乃至具体行动堪称新中国文学事业一个令人鼓舞的开明景象。如《民族文学》杂志的创办、中国少数民族作家学会的成立、各民族作家作品的涌现等，与玛老的积极建议和有关方面的重视密不可分。1980年完成《茫茫的草原》下部，短篇小说《活佛的故事》获当年全国优秀短篇小说奖。同年调到北京后，先后担任《民族文学》主编，作家出版社社长。在特殊时期担任中国作家协会党组副书记、书记处常务书记，整饬作家队伍，创建“茅盾文学奖”等文学评奖，自己的长篇小说《茫茫的草原》本来也可问鼎“茅奖”，但身为中国作协的主要领导并主抓评奖，岂不有瓜田李下之嫌？断然放弃。扶持作家作品，筹建中国现代文学馆、中国作家协会办公楼等，体现出卓越的领导力和清廉务实的优秀品质。

虽然本文从一首歌词写起，那只是一个令人愉悦的话题切入点，玛老的真正文学贡献就是他写出蒙古族的4部电影、当代蒙古族第一部长篇小说、奠定蒙古族当代作家文学的基石，为中国多民族文学的发展进步做出了贡献。他是中国文学史上的传奇人物，是民族的骄傲，也是文学史上的丰碑。

萧乾

我的心驰往草原

萧乾

民族画报社　NATIONALITY　PICTORIAL
地址:中国 北京市东城区和平里北街14号　电话(传真):(010) 84258738
邮政编码:100013　Email: mzhb@mzhb.com　http://www.mzhb.com.cn

1996年我去拜访他，他赠我书并用蒙文写“维弟”；1997年我去时他又赠我新书并题“维弟”。当时道维弟的称呼很新鲜，感觉很亲切，但他是大文人呀！称我维弟不敢当。又想起了冰心先生也题写“维弟、文友”，文友更不敢当啊。

1998年我到北京医院去看他，直说也怀私心：想让萧乾先生为我的新书《蒙古写真》题写英文书名。那时手不方便(现在也是)，以往出书还是汉、英、蒙三语对照。萧乾先生英文好、对草原有感情；文洁若老师也是英文专家，俩人商量了一下，便题写了“Panorama of Mongolia”。

1997 年萧乾在家中

1996 岁末，当我走入京城木樨地一栋高楼时，已经 87 岁高龄的萧乾先生热情地向我说："欢迎，欢迎，我们的族弟来了。"

翻开萧乾（原名萧秉乾）先生的经历，真个是唏嘘坎坷，跌宕起伏。

1910 年，他出生在北京贫民区一个蒙古族家庭，母亲（姓吴）为佣工，出生时父亲已经过世。妈妈带着他忍气吞声地寄人篱下，靠打工过活。萧乾放过羊，给人家送羊奶；织土耳其地毯；第一次领工资那天，母亲去世了，他只有 11 岁。后来这段悲惨的生活被他写进了《落日》。这样的痛苦经历使得萧乾坚强、勤奋、敏感、忧郁，这些性格都体现在他后来的写作里。

14 岁开始在世界各地漂泊，成为《未带地图的旅人》。1923 年他进入崇实中学（今北京 21 中）半工半读，1926 年初中毕业后进入北新书局当练习生，对文学萌生兴趣。1930 年考入北京辅仁大学英文系本科，与美国青年安澜（Allen）合编英文版《中国简报》(China in Brief)，共出 8 期，是最早向外国介绍中国现代新文艺的刊物之一。安澜也为此赔光了所有积蓄。1933 年从辅仁转入燕京大学新闻系，1935 年毕业。在美国教授埃德加·斯诺的启发下，选定人生道路：当记者、写小说。1933 年萧乾的小说处女作《蚕》发表在沈从文主编的《大公报·文艺》上，从此步入文坛。他的小说多带有自传色彩，用生动的语言文字把自己的所见所闻和感受写成小说，富于清丽和哀怨、诗意和哲理，散发着青春的激情，爱的狂热，梦想和浪漫。迷奇的人生经历，一草一虫乃至人生大题，都被他描绘得素雅精巧、多彩动人。

他是作家，但是记者生涯却非常出彩，最富传奇性。

1935 年他进入《大公报》当记者，那时的代表作《流民图》，描写鲁西、苏北大水灾的情景，至今仍被多部散文集收入。1939 年 9 月他抵达伦敦任伦敦大学东方学院讲师，兼任《大公报》驻英特派记者，报道战时英伦。目睹了英国人民的沉着冷静和幽默，躲过纳粹对英国的残忍轰炸，写出《血红的九月》《矛盾交响曲》《银风筝下的伦敦》等伦敦三部曲。还出版了 5 本英文著作《苦难时代的蚀刻》《蚕》《中国而非华夏》《龙须与蓝图》《千弦琴》。1944 年放弃即将到手的剑桥大学硕士学位，在英国报界云集的“舰队街”开办《大公报》驻英办事处。不久，任战地记者随美国第七军挺进莱茵河地区，向国内发回大量战地新闻。参加过联合国成立大会、波茨坦会议、纽伦堡审判等，代表作有《南德的暮秋》《美国散记》《瑞士之行》等，是整个欧洲战场唯一的中国战地记者。

1995 年他出版《一个中国记者看二次大战》，通过对二战成因过程的分析得出只有自强不息才能立足于世界的结论。由于他早年在教会学校学习及后来多年在英伦生活的经历，英文水平相当高。文学界人士及爱好者一定读过他译的《莎士比亚戏剧故事集》，此书印数已达 84 万册。著名的捷克作品《好兵帅克》也是萧先生所译，他还翻译了加拿大幽默作品《里柯克幽默小品选》，挪威易卜生的《培尔·金特》等，这些作品都多次再版或上演。还有美国的《战争风云》《屠场》《弃儿汤姆·琼斯的历史》等15部译著。特别具有里程碑意义的当推《尤利西斯》。此书因过于奇特，在英国也没几个人能看懂，因此敢于翻译本身就成为新闻。1990年萧乾、文洁若夫妇要翻译此书的消息一经传出便被中外传媒竞相报道，西方报刊电视台接连采访萧乾夫妇，因译天书的消息形成盛况在中国文学史上是空前的。1994年这部百万字译作问世即获新闻出版署第二届外国文学图书一等奖。这一年是他们结婚40周年。

他还是杂文家，1948年由观察出版社出版《红毛长谈》，收入近20篇杂文。后来由于担心写杂文会有风险而停步。1949年他因爱国心切，放弃剑桥大学的邀请，举家回国。即使被打成“右派”，也没有停下写作、翻译的脚步，合译《汤姆·琼斯》，以“佟荔”化名（那正是他儿女萧桐、萧荔之名）翻译出版《里柯克讽刺小品选》。

摘帽之后，他的创作达到了新的高峰。这一时期翻译、合译出版《战争风云》《拿破仑传》《麦克米伦回忆录》等。

“文化大革命”后，创作又一次形成高峰。先后出版了《一本褪色的相册》《搬家史》《北京城杂忆》《负笈剑桥》《八十自省》《未带地图的旅人》《萧乾文学回忆录》等。在紧张的创作同时，还先后担任英文《人民中国》杂志副主编、中国作协《译文》编辑部主任等职务，还有众多的业内社会职务。1979年被选为北京市政协委员，1980年当选全国政协委员，1983 年任全国政协文化组副组长，1987 年当选民盟中央常委，1988 年当选为全国政协常委（第五、六届委员，第七届常委），1989 年被聘任为中央文史研究馆馆长。

1992 年在北京中国历史博物馆举行了《萧乾文学生涯 60 年展览》，党和国家领导人吴学谦、雷洁琼以及文艺界、新闻界等 500 余位重量级嘉宾出席开幕式。那年萧乾先生 82 岁。

萧先生不仅能翻译，以中文写作，还能以英文写作。辅仁大学英文系、燕京大学新闻系的系统学习，使得他在中国文人里多了一种思维和能力。他写于 20 世纪 40 年代的《中国而非华夏》《苦难时代的蚀刻》等均在伦敦出版。中国新文学运动的大师们都是多面手，如鲁迅、郭沫若、茅盾、巴金等，即创作兼翻译。而翻译中又多以介绍外国文学作品为主。萧乾先生则是双向介绍。这种动力源于他在外国见到的汉学家们翻译和研究对象都是中国的古典文学及作者，因此他极力介绍中国现代作家及作品，要求西方读者“不要把中国再看成是老古玩店，应着眼于中国的新文化”。

1931—1935 年间，萧乾和美国人安澜、斯诺编译了《中国简报》《活的中国》等刊物和文学集，向西方介绍了鲁迅、郭沫若、茅盾、沈从文、巴金等二十多位中国作家。在那个战乱年代，在那个备受洋人歧视的年代，在那个传媒很不发达的年代，萧乾先生赤手空拳，全凭对中国文学事业的赤心，仰仗一管生花妙笔，将波澜壮阔的中国新文学景象展现给欧美读者，在中国文学史上写下了重重的一笔。很多人的书架上各家的著作琳琅满目，萧先生的书架上可以看到整排的署着“萧乾”的书籍，萧译、萧著……令人目不暇接。粗略统计，共有中文著作61部；英文著作8部；翻译作品15部；编选文集、丛书4部。研究萧乾的资料、评传等也已有近20部之多。

衬托他卓越成就的则是艰难坎坷的一生。“搬了几次家，家谱都没了。我是穷人出身，我父亲是看城门的，就是东直门。”当我试图从萧先生出身上找点今日他如此出众的根源时，答案却令我心酸。

由于饥寒交迫，萧乾的父亲在他还未出生时就辞世了。作为遗腹子，萧乾的境遇可想而知。幼小的他出去做工，在地毯厂挣来第一笔钱时才11岁，而就在他要把这一块五毛钱送到母亲那里试图让多病的妈妈高兴时，可怜的妈妈已经只剩下最后一口气了。他只喊了一声妈并往她的墓穴中捧了第一把土后心中的天便塌了下来。这个蒙古族独生子从此成了孤儿，漂浮在茫茫人海之中。

在伦敦的德军“饱和轰炸”下，萧乾没有畏惧，失去亲人的打击也没能摧垮他，而当和平时期遭到身边熟悉的人的非人折磨时，萧乾实在没有信心了。他吃下整整一瓶安眠药，这剂量足以使任何一个生命消失。奇迹就是在这种常规逻辑之外的东西。人们把他抬到隆福医院，大夫没有因他是“阶级敌人”而拒绝洗肠子。十几个小时后他又能吃馒头了。在后来的创作中，专门有一篇是谈死的文章。他把这一次（1966年）作为一个分界线，因此有了“我这两辈子”这个书名。“既然我还能活，就要活得像个样子，跑好人生最后这一圈。”他 70 岁后仍然每年出一本书便是明证。

他曾有 20 多年未能从事自己心爱的文字工作，身体上受着被迫劳动的折磨，精神上受到政治迫害的煎熬，而今又享人生之乐，备受国内外各界关怀……萧乾一生真是尝遍了苦辣酸甜，而他仍然在顽强地“采访人生”，他把人的一生看作是一次又一次的采访，永无止境，“我的这支秃笔应留给那些在黑暗中挣扎的人们”。早在他初当记者时就把自己的笔定位在为大众而写作。“笑傲人生”是一句轻松的话，有多少人能做到呢？有多少人一生充满欢乐呢？萧乾的一生是坎坷而艰苦的，是什么支撑着他挺过恶风险浪呢？在《一个中国记者看二次大战》中他写道：“对于战争，我坚决认为第一反对，第二不怕。”在《关于死的反思》一文中说：“死亡的前景最能使人成为唯物主义者……认识了死，才能活的更清醒。”

在采访二次大战时，萧乾的记者证上印着：“此人如被俘，应享受少校待遇。”在他发回的战地通讯中除描绘战争情景外，还包括战时英国人的镇静与幽默。“我从小就爱听相声一类的东西。”从萧乾翻译的作品中不难看到他的幽默：《好兵帅克》是捷克著名幽默作品，早已风行世界，而第一个介绍到中国来的就是萧先生。同名电影及美术片也曾在中国上映过。加拿大幽默作家里柯克的作品也是萧乾介绍到中国的。在他的《北京城杂忆》中对老北京习俗语言的描绘更是如同听了侯宝林的相声，令人捧腹而又回味无尽。译《培尔 · 金特》时的一句话，“当狼群围着你嗥叫时，最保险的办法是也学它嗥叫”，使萧乾能够理解“文化大革命”中为什么许多人口是心非了。

除了幽默之外，语言的精彩更是萧先生散文的突出特点。朴实中透着哲理，笑声中包含辛酸。

一生中跨越了几个时代，几个国度，像一个不倦的旅人，探过人生的艰险也度过征服的快乐，也被抛入人间地狱般的黑暗中并从死亡中认清了人生的意义和美丽。

萧先生去过云南写了《血肉筑成的滇缅公路》，去过内蒙古写了《草原即景》。虽然身为蒙古族，却鲜见草原和牧民，心中仍然向往着那一片土地，知道我是蒙古族并在民族媒体里工作，欣然题写了“我的心驰往草原”。想到自己模糊的家史，坎坷的一生，身上那种开朗、豁达、才气、善良、幽默、坚韧等浓浓的民族特性，这一定是他心中真正的向往吧？如果他有时间在草原上多住些日子，多与蒙古族亲自交谈，一定会有更多佳作留存。1998 年他进入北京医院治病，而他却总想要出院，一流的医疗条件也比不上满是书籍的家：“有好多事要做呢！”

家里到处是书，还专门有一个角落摆满了 CD 和唱片以及音乐磁带，原来萧乾先生酷爱音乐。也许是欧洲之行的熏陶和英文教育的渲染，他对音乐有着专业级的理解和喜好，也许在音乐中享受到宁静和舒展，让那颗疲倦的心灵得到片刻休养。

1993 年他给上海《音乐爱好者》杂志的信里写道：音乐，对于我们这些八旬以上的老年人，真是莫大的安慰。它是我晚年生活的要素之一。我床头有它，书桌和饭桌旁有它。“它”就是半导体收音机。谢谢这玩意儿的发明者……我对音乐的爱好，同我早年在教会学校读书有关。30 年代在燕京大学时，每年圣诞节那里必演唱亨德尔的《弥赛亚》。两个小时，那可真是一次艺术享受！从宗教音乐我又发展到欧洲歌剧。最早喜欢的是《茶花女》和《卡门》。意大利歌剧和法国歌剧之后又听到贝多芬的《费德里奥》。晚年我喜欢听英美民歌。我再过三个月就满 83 岁了。可我的视觉、听觉和思考力都还完好。不能把这全归功于听音乐。然而音乐肯定给了我很多、很大的好处。

萧乾的一生，“苦”字没有远离，“甜”字也不缺失。而勤奋和才华以及奉献贯穿始终。他说：“我的姿势不一定总是好的，有时还难免会偏离了跑线。然而我就像一匹不停蹄的马，使出吃奶的劲头来跑。”

1997 年我又去拜访他，每次去都能得到先生的签名赠书。给他拍摄，他便露出那弥勒佛般的慈祥微笑。现在我后悔为什么不多拍一些呢？ 1998 年到北京医院看望他，在病房里他为我的《蒙古写意》系列书籍翻译并题写英文书名：“Panorama of Mongolia”。1999 年 2 月 19 日，坎坷一生、贡献丰厚的萧乾先生在北京逝世。

李凖

达赉湖畔是我家乡

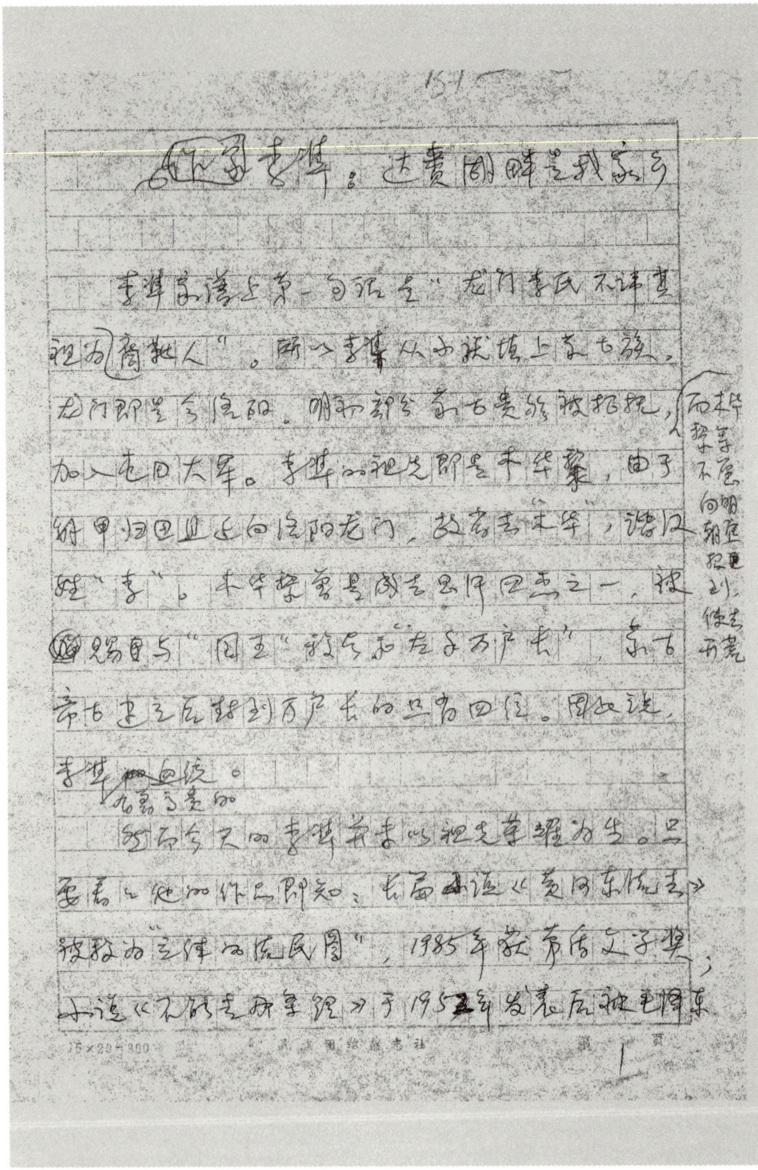
151

李準：黄河畔是我家乡

李準家谱上第一句话是"龙门李氏不讳其祖为蒙古人"。所以李準从小就填上蒙古族。龙门即是今洛阳。明初部分蒙古贵族被招抚，加入屯田大军。李準的祖先即是木华黎，由于卸甲归田迁至洛阳龙门，故名李木华，遂改汉姓"李"。木华黎曾是成吉思汗四杰之一，被赐封为"国王"称号和左手万户长，蒙古帝国建立后封到万户长的只有四位。因此说，李準是蒙古族的。

而木华黎等不愿向明朝投降，到漠北去开荒

然而今天的李準并未以祖先草原为生。只要看看他的作品即知：长篇小说《黄河东流去》被称为"空前的流民图"，1985年获茅盾文学奖；小说《不能走那条路》于1953年发表后被毛泽东

15×20=300　　　　　　第　　页

李凖讲述自家历史

李凖家谱上第一句话是“龙门李氏不讳其祖裔为鞑人”，龙门即是今洛阳，所以李凖从小就在资料中填上蒙古族。明初部分蒙古贵族被招抚，而木华黎等不愿向明朝廷报到，便去开荒，加入屯田大军。李凖的祖先即是木华黎，由于解甲归田且迁向洛阳龙门，故当去“木华”，谐汉姓“李”。木华黎曾是成吉思汗四杰之一，被赐予“国王”称号和“左翼万户长”，蒙古帝国建立后封到万户长的只有四位。因此说，李凖有着“高贵的血统”。有一本厚厚的《洛阳李氏》记载了那些久远的历史。

传说木华黎的安葬处在山西榆次。20世纪80年代一次李凖率作家代表团要经过此地时，已聚集了数百人要一睹木华黎后裔。最终李凖碍于当时的特殊原因没有去。这样的传说抑或真事多少让后人感慨，时间可以涤荡一切，但还能留存某些东西。

说到蒙古人，李凖依然激动：一个民族并不是忽然就崛起的，事出有因，这个民族是有许多长处的。所以一时那么强大，跟蒙古人采取的政策有直接关系。除了打仗，蒙古族在文化上兼收并蓄，表现出一个崛起的民族宽广的胸怀和伟大的气魄。譬如在宗教方面，他们既能接受从西藏传去的黄教（即藏传佛教格鲁派），也能接受长春真人丘处机所代表的道教。元朝还产生了很多有名的知识分子，比如像赵孟頫这样的大书法家。另外，元朝还十分重视贸易，通过西域与世界各国交往。

而棉花在中国代替丝绸广泛流行，就始于成吉思汗——这大概极少为人知晓，却是真实的历史。

虽然他未生活在草原，但血液流淌的及至思想中流动的仍然属于这个民族。他充满深情地认为，达赉湖畔是我的家乡。近年来，李凖在家研习书法，初临隶书，后攻魏碑。多年下来已形成“李氏风格”，似隶书近魏碑，求字者络绎不绝。李凖先生的字在北京荣宝斋挂出去后不断被日本人、韩国人买走，虽然他眼睛偏盲，不能写小字了，但练大字反而使李凖的睿智和豪气延伸出来，如大河东流，波澜壮阔……

我曾三次到李凖在北京虎坊桥的家里拜访，采访全国政协会议时也能见到他。得知我在写蒙古族人物时，他高兴地当场写下“蒙古写意”，这就是我的《蒙古写意》系列书籍的书名，从1998年采用至今，墨宝也成为珍贵的回忆。我也多次到位于呼伦贝尔的达赉湖（呼伦湖），遥想当年的牧场抑或战场……

悼词里说：李凖是我国当代杰出的现实主义小说家、著名电影剧作家，政协第九届委员，中国作家协会副主席，中国现代文学馆馆长，2000年2月2日在北京逝世。李凖原名李准，曾用名李铁生、李竹溪。1928年出生于洛阳市孟津县麻屯镇，札剌尔氏木华黎后人。

李凖1947年参加本镇的业余剧团并开始编写戏曲剧本，在剧团里激发了改变旧戏曲的热情，此前当过盐店学徒和邮递员，扩大了生活视野和体验。后来读到解放区传来的政治哲学读物，特别是赵树理的新大众文学作品，启发了他写出最初的小说和散文，寄到当时的洛阳报纸上发表。

1948年洛阳解放，他参加了革命工作，先后任豫西中州农民银行职员和洛阳市干部文化学校教员，同时进行业余创作。1953年11月在《河南日报》上发表了《婆婆和媳妇》《卖西瓜的故事》等小故事；9月在《河南日报》上发表短篇小说《不能走那条路》，表现了农业合作化初期农民的复杂思想面貌，引起反响。次年1月《人民日报》第一版整版转载，全国40多家报刊相继转载并被改成各种通俗文艺形式广为传播。

1955年他被调入河南省文联，开始从事专业文艺创作。

这一时期，他发表了小说《冰化雪消》《芦花放白的时候》《夜走骆驼岭》《人比山更高》《两匹瘦马》等。60年代发表了小说《李双双小传》《耕云记》《春笋》等，均为脍炙人口的佳作。

20世纪50年代他参加了文化部电影局举办的电影剧本创作讲习班后便同时致力于电影剧本的创作，从此一发不可收拾。先后写出了《老兵新传》(拍摄成电影后在1959年获莫斯科国际电影节银质奖，同年获国庆十周年献礼片“优秀影片奖”)、《小康人家》《冰化雪消》《耕云播雨》《李双双》(1962年改编为喜剧电影《李双双》获得1963年电影百花奖最佳故事片奖)、《吉鸿昌》(又名《壮歌行》)、《龙马精神》等。这些电影不仅广受欢迎，导演和演员们也名声大起，成为银幕经典。

他先后带领全家于 1954 年到河南荥阳县司马村、1958 年到河南登封县马寺庄、1960 年到郑州郊区祭城公社落户当农民，也当过基层干部。这使他的创作始终与人民群众的历史性经历紧紧地连在一起。

“文化大革命”开始后，李準受迫害，写作中的《沧桑路》手稿被抄走至今无下落。但他仍然坚持自己的文学理想，深入黄泛区六百多户农民家，了解家史，为农民家写祭文、写戏。还写了《三打钟》《榆树记》等小戏。

改革开放后，他以惊人的毅力投入创作，达到了他一生中的创作和丰收高峰。

这个时期有电影剧本《大河奔流》《双雄会》《荆轲传》《中州七梦》等。1981 年调入中国作家协会成为驻会专业作家。此后有电影剧本《牧马人》（1981 年获电影百花奖最佳影片奖）、《高山下的花环》（合作改编为电影剧本，1982 年获电影百花奖三项奖和电影金鸡奖五项奖）、《清凉寺钟声》《老人与狗》等。同时，短篇小说《王结实》1981 年获全国优秀短篇小说奖。长篇小说《黄河东流去》被称为“立体的流民图”，1985 年获第二届茅盾文学奖。在某种意义上讲，李準的电影和小说可以跟踪中国农村的历史足迹，折射中国农民的精神历程，其小说和电影都是经典。在文学和电影领域同时发展的作家不多，就蒙古族作家而言，除李凖就是玛拉沁夫了。

1959 年李凖当选为河南省第二届人大代表，1964 年当选第三届全国人大代表。全国政协第七、八、九届委员。中国作家协会第五届副主席，中国电影家协会主席团委员，中国文联全委会委员，中国电影文学学会副会长，1991 年任中国文学馆馆长。

从李准到李凖也彰显了他的坦荡和风骨。早年他一直用李准，后来有个写文艺评论的人也是同名同姓，同在文艺界，难免有瓜田李下之嫌，非业内读者很难分辨。李凖公开宣布自己改名，既是对自己负责，也为广大读者负责。

如今，洛阳理工学院（原洛阳大学）校内建立了李凖先生纪念馆，树立了塑像。他的那些文艺经典也如同雕塑般留在了中国文化史册里。

牛汉

栖息在诗的世界

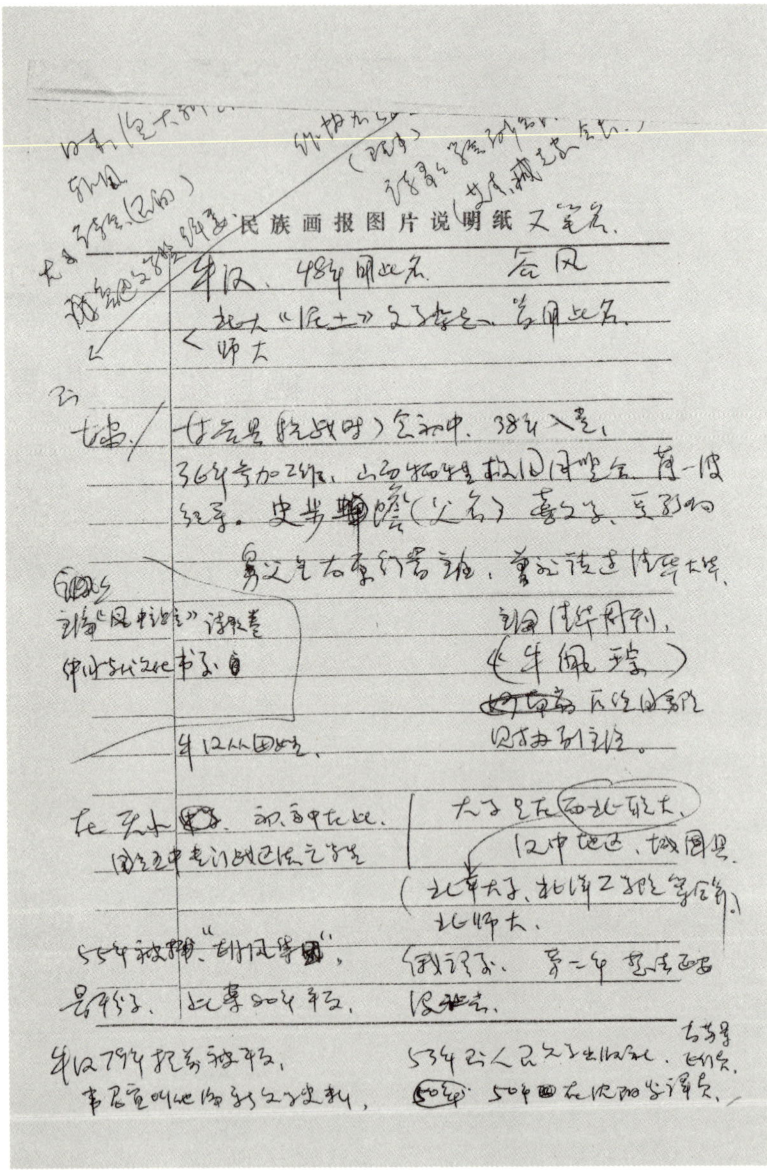
民族画报图片说明纸
牛汉、48年用此名。 谷风
师大
主编《流火》诗刊
牛汉从回族
北师大。
55年被捕 "胡风集团"
牛汉79年被平反，
53年到人民文学出版社

2000年牛汉在家中

栖息在诗的世界里，多么美好浪漫！单是这个题目就足以使人浮想联翩了。有一种诗是在美丽的生活中诞生的，有一种诗则是在痛苦中造就的。牛汉先生的生活和诗正好是后者。

先看牛汉先生（笔名谷风，1947 年前）的作品目录：

散文集和诗集《彩色的生活》(1948 年，胡风编)；《温泉》《滹沱河和我》《萤火集》《青年牧歌》《爱与歌》《海上蝴蝶》《蚯蚓和羽毛》《命运的档案》《散生漫笔》《梦游人说诗》《牛汉抒情诗选》《现实诗丛 · 祖国》《诗世界丛书 · 牛汉诗选》《中华散文珍藏本 · 牛汉卷》《中国当代散文精品文库 · 袖珍典藏本 · 牛汉散文》；日本出版《牛汉诗选》，韩国出版《牛汉诗全编》《牛汉诗文补编》；主编《新诗三百首》《风中站立》《艾青名作欣赏》；执行主编《岁月文丛》《新诗卷》(副主编)等，与蔡其矫主编诗选《东方金字塔》，主编胡风诗选《为祖国而歌》，与绿原选编诗集《白色花》。其他零星书籍不计。

如此多的诗作和散文主要来自于多舛的生活和那颗善于思考的头脑。

1923 年他生于山西定襄县，父亲史步蟾是爱读书的人。在动荡的岁月中他们流落到西北甘肃天水，在此他读中小学，这时他的诗兴就开始了。1940 年他的第一首诗《北中国的歌》发表在兰州出版的《现代评坛》上。那时的笔名是谷风、牧童，以这名字写的诗还发表在当时北大和北师大主办的文学杂志《泥土》上。这个时期是他初学期，鲁迅、艾青、莱蒙托夫的作品对他有较大的影响。

1936 年他参加了山西牺牲救国同盟会，1938 年便入了党。此时他的兴趣在诗。这一时期是他创作生涯中的第一个重要阶段，先后写出了长诗《鄂尔多斯草原》《智慧的悲哀》《血的流域》，后者曾写了整整一年，是他生活的真实写照，改动得原稿都难以辨认。

“1942 年 2 月下旬，陇南棕黄色的山野开始透出春意。我独自梦游般跑到学校（专收战区流亡学生的一个中学）附近的荒山顶上，花了半天的时间，跑马似的写了一首近四百行的诗《鄂尔多斯草原》，第二天就投寄桂林的《诗创作》，几个月之后发表了出来。当时，连我朝夕相处的几个朋友也不晓得我写了这么一首诗。我闭口不谈，像一个羞涩的秘密藏在心里，我怀着灼热的希望与忧虑，翘盼编者的回音。我把生命化为燃料与动力，全部投入这次创作活动。”

“几十年来，不少人问我是怎样写出这首诗的，他们以为我一定在那个草原上生活过好久，我说我从来没有去过，谁都不相信。没有去过怎么能虚构得那样的具体，那具有可触性的情景与形象是如何获得的？不可理解。对我来说，一点不奇怪，虽然只闪电般用半天的时间写了出来，但这首诗的情境，在我的生命里却孕育了不下十年。我当时刚 18 岁，也就是说，从童年起，我的生命中就有了这首诗青嫩的胚芽。需要从我的家族和童年的生活环境谈起。我的童年少年是在雁门关里一块贫瘠的土地上度过的。经常看见从蒙古草地来的拉骆驼的老汉，背抄着手，牵引着一串骆驼，叮叮咚咚从村边经过，至现在我还记得起骆驼队身上发出的那种特殊的热烘烘的气味。那种气味，凝聚在我的心灵里，一生一世不会消失。我的祖先是蒙古族，小时候家里有一口明晃晃的七星宝剑，说是祖传下来的。我白天扮作武士玩它，夜里压在枕头底下。这口剑，用手弹拨，能发出嗡嗡的风暴声。它是我的远祖在辽阔的草原上和征战中佩戴过的，剑口上有血印。我曾祖父曾在鄂尔多斯一带生活过半辈子，祖父也在那里待过。我家有不少乌黑发亮的黄羊角，还有厚厚的有图案的毡子，像拇指大小的铜佛，处处遗留着民族的痕迹。我们村子里，有一半人家都有走口外的人，有经商的，大半当牧羊人，不少人死在草原上，不少人临死之前才拼死拼活返回故乡。我的姐夫在蒙古草原上为庙主牧放了十年牛羊，中年回乡娶了我姐姐；他信佛，极会讲故事，为我讲过他的许多神奇的经历。我的邻居每年冬天总有从口外（指张家口）回来的，粗糙而紫红的脸庞，一摇一晃，腿部带点罗圈的走路姿态，镶金边的皮帽（我小时候也戴着一顶），浑身散发出浓重的羊膻味道。有人冻掉了耳朵，有人前胸后背布满狼抓的伤疤，有人手指、脚趾不全，有一个我叫他‘秃手伯’的，双手从手腕处齐楂楂冻落，他把两只变黑的手从草地上带回家，埋在祖坟地里。‘秃手伯’为全村挑水，他绘声绘色地为我讲述了许多草地上的情景。说黄昏的沙漠像血海，太阳比关内的大几倍。我的童年伙伴中，长到十二三岁时，有几个已跟随大人奔口外去了，五年十年之后才回家成亲。我们村里许多人会讲蒙古话，我小时候也能说几句。因此自小我就觉得蒙古草地是养育一代一代乡亲的地方。尽管给人带来了不幸与灾害（村里有许多守寡的女人），但那广阔的草地仍然令人神往。草原牧歌对我有着强烈的诱惑力。”

摘几句《鄂尔多斯草原》：

……

向远方

我歌唱着。

唱出了

从远古便沉淀在草原里的

生命的绿色。

我说

生活在幸福里的

健康的读者呵，

你们底（的，下同）生活

发着浓郁的太阳味，

你们底歌

飘扬在智慧的高峰。

我这粗野的歌

和歌声酿绘出的

草原底画像，

你们

是否感到陌生呢？

呵，这歌声
是寒郁的呵！
这画幅
是灰暗的呵！
……
今天
我歌颂
绿色的鄂尔多斯。
歌颂
北中国底
绿色的生命的乳汁
绿色的生活的海
绿色的战斗的旗子。

牛汉考入西北联大俄语系，与著名的播音员齐越是同学。这个时期他读了大量苏联诗人的作品，包括莱蒙托夫、马雅可夫斯基等人的作品。1946 年他到了上海把自己的诗寄给了素不相识的胡风先生，胡风极为赞赏这些散发着灵气的诗作，便将其润色后编入《七月诗丛》第二辑，名为《彩色的生活》，这是牛汉第一本诗集。也是从这时起，他用了牛汉这个名字，一是随母姓，二是他原名史成汉。

我想这两个字多少也与他的情况相近。他有着蒙古人游动着的灵魂，无所顾忌，天马行空，生性坦荡，到了该奉献自己时又惊人的无私。他曾写过一首诗《汗血马》，描写这马血管与汗腺相通，在无垠的戈壁上奔跑到死，读来令人心颤，甚至他的书斋名也是“汗血斋”。他怎么也想不到由于胡风为他编了这本诗集，几年后会受株连。

1950 年他参了军被派到沈阳，那正是抗美援朝时期，这里集中了不少苏联飞行员，牛汉的俄语能派上点用场。1953 年战争结束后，他被人民文学出版社的社长冯雪峰要到社里做编辑。爱好写诗的人在这里犹如鱼儿入水，与各位名家的来往更多了，他编了不少好书。

正当他在这个美好的年代里大展诗翼时，却突然以“胡风反革命集团骨干分子”之名被抓，是这个“集团”中第一个被抓者。这时他任出版社诗歌散文组长、党委委员、团委书记。被抓后 24 小时有人看管，晚上用 100 瓦灯泡烤着，交代问题写材料。其实他与胡风只是文学上的来往。

两年间他见不到家人，家人也不知他是死是活。1957 年他被释放回家，这期间他倒写了个自传。1958 年出版社内设立了编译所，除了牛汉还有萧乾、绿原、冯雪峰等人。虽然没有选举权，但生活上还可以。这段时间不可能写诗，但这段经历却是诗的又一源泉。

1969 年，他到了湖北咸宁文化部干校劳动。这 5 年的体力劳动和他的所见所闻形成了他创作的第二个高潮期，虽然在当时无法发表。《鹰的诞生》《华南虎》《悼念一棵枫树》《根》《蚯蚓的血》等均是这个时期的作品。

“‘文化大革命’后期，管制放松了，我成天幽灵般游荡在日渐空旷的山林湖泊，咀嚼苦难反刍人生，诗突然地从心中觉醒和冲动上来，如钟锤撞醒了我。这才感知有一个诗的世界一直久久地被封闭在我的心里。面对着荒诞和罪恶，我和诗一起振奋勇敢了起来。”于是《华南虎》(那是他的代表作之一)问世了，后来这首诗被选入了中学和大学课本。

这个时期，牛汉认为自己也很单纯，但是这与20世纪40年代的单纯不同，那时近乎原始，而现在是经过30年的苦炼才修得的透明般的单纯。“汗血斋”这个书斋名就是这时的产物。灵感随时都可能来，随手带个小本本之类。“但是在干校劳动时赤裸上身，没有纸笔，便在手臂上狠狠地咬一个血印，疼痛让我记在心里，回到宿舍立刻记下来。”《三月的黎明》《冬天的青桐》《坠空》等诗收录在《温泉》诗集中。

1979年牛汉被提前一年平反，其他“胡风集团成员”是1980年才平反。时任人民文学出版社社长的韦君宜请他主编《新文学史料》，这件事牛汉认为是最有意义的，它刊发了许多珍贵的资料、作家回忆录等。从那时开始他一直是主编，后来是顾问。他还曾任大型文学刊物《中国》的副主编，主编则是丁玲。

80年代是牛汉创作的第三个高峰期，这一阶段是他出版产量最高的时期。自己的诗集、散文集，主编的诗集，几乎都是这个时期出版的。他的名气和地位也达到了一生中的顶峰。对人生的感悟也似乎更为深刻，几十年来的坎坷生活全部化作诗句飞了出来，像《华南虎》一样飞了出来，像《一棵枫树》一样虽然躯体倒了却变为了永恒，像《汗血马》一样无所顾忌地飞奔，纵然“黑夜像一群狼”，但“诗不颤抖”！

唯有读了牛汉的诗和散文，你才能感受到为什么人要写诗而不用其他文体代替，也理解了为什么牛汉要以诗为命，为什么历经磨难而 1.90 米的大个子的他没有倒下。

“在这个多灾多难的世界上我已经艰难地生活了 70 多个年头了，直到现在心神都没有真正轻松下来。如果没有诗，我多半早被厄运吞没了。”他感慨道。

“加拿大一位女诗人安妮·埃拜尔写了一首诗，说她是一个瘦骨嶙峋的女孩，但有美丽的骨头。我为她的这一行诗流了泪。她是个病弱的诗人，但她的骨头闪耀着圣灵的光辉。我的身高 1.90 米，像我家乡的一棵高梁，我也瘦骨嶙峋，我的骨头不仅美丽而且很高尚。安妮精心地保护着她的骨头，而我的骨头怜悯我保护我。它跟着我受够了罪，坚贞地支撑着我这副高大的摇摇晃晃的身躯，使我在跋涉中从未倾倒过一回。我能听到我体内的几千根大大小小的骨头在咯吱咯吱地咬着牙关为我承受着厄运。谢谢我的骨头，谢谢我的诗。”

“还要谢谢我的伤疤，皮肤上的和心灵上的。这是我比其他人多出的一种感官。我以为生命里有很多伤疤的人比完美光洁的人更为敏感。伤疤形成的皮肉虽有点畸形，却异常的细嫩，它生有百倍于正常皮肉的神经和记忆。我有许多诗就是由疼痛的骨头和伤疤灵敏感觉生发而成的，每个字都带着痛苦。

法国诗人夏尔说：在痛苦中的嗅觉是准确无误的。”

“我的颅内有淤血，那是40年代在西北时被警察打的。血块压迫神经使我成为一个梦游病患者，梦游几乎成了我生命的重要特征（甚至有部诗集叫《梦游者说诗》）。夜里游，白天也游，我痴情地写着诗，追求那个遥远的艺术境界，既真实又虚幻。几十年来，我仿佛有两个生命，一个是固有的，另一个是从布满伤疤的躯壳中解脱出来的。”

“蒙古人不愿定居的野生野长的习性，与我的梦游似乎有着某种血缘和宿命的关系。我的这种不愿意被安置在一个指定的地方或小圈子里的难以驯服的性格，可能有民族传统的基因。而我的诗总在躁动，总在奔跑。”

“我不属于任何圈子。我的诗和人始终不成熟、不优雅。我的诗都是梦游中望见的一个个美好的远景，我只能不歇地奔跑，不徘徊和不停顿，直到像汗血马那样耗尽了血汗而死。”

“祖母常常警告我：在野地里走路，有谁拍你的背，千万别回头。因为狼，它悄悄在你后面停下来像人一样站起来，用一只前爪拍你的后背，你以为是熟人，一回头狼就用那保存得很好的爪子深深刺入你的喉部。”“在人生道路上跋涉时我从不回头”——这差不多就是诗人对自己的总结了。

牛汉先生喜欢石头，捡石头，找石头，家里的书柜上、桌子上都是大大小小的石头，我给他拍照时手里也攥着石头，他专门写过一篇《我与石头的情谊》。

如果从1940年开始写诗算起，已有半个多世纪了，他写了许多，也培养了许多年轻人，他在诗坛的地位是靠自己的诗和人品赢得的。他40年代就自学了绘画，至今还未停笔。他曾出席在日本召开的第十六届世界诗人大会并讲演，他曾任鲁迅文学奖的评委，他曾是中国作家协会全委会名誉委员（即理事），他曾是中国诗歌协会副会长，是人民文学出版社编审。

但是，他还在奔跑，汗已流完，大概现在流的是血。即使是血流完了，“用筋骨还能飞奔一千里”。他生活在诗的世界里，但那是痛苦的诗。

在干校劳动时，牛汉弯腰拉着几百斤重的板车，他那“美丽的骨头”受到严重损伤，他不得不在山丘上背靠一棵同样弯曲的大树，那树弯正好让他躺靠上面得到喘息。那棵树与他相依为命，给了诗人莫大的安慰。可是有一天那棵枫树被砍倒了。

世界很多地区现在不是仍然在砍树吗？砍的人却不知有多少人原本是在靠着这棵树。华南虎也不多了，汗血马倒是在呼喊声中得到重视，成为珍宝。美丽而坚强的骨头现在还有，以后也会有的，因为，真善美和假恶丑从来都是结伴而行。现摘发几段1973年创作的《悼念一棵枫树》：

湖边山丘上
那棵最高大的枫树
被伐倒了……
在秋天的一个早晨

几个村庄
和这一片山野
都听到了，感觉到了
枫树倒下的声响
家家的门窗和屋瓦
每棵树，每根草
每一朵野花
树上的鸟，花上的蜂
湖边停泊的小船
都颤颤地哆嗦起来……
是由于悲哀吗？
……
枫树直挺挺的
躺在草丛和荆棘上
那么庞大，那么青翠
看上去比它站立的时候
还要雄伟和美丽
伐倒三天之后
枝叶还在微风中
簌簌地摇动
叶片上还挂着明亮的露水
仿佛亿万只含泪的眼睛
向大自然告别

哦，湖边的白鹤
哦，远方来的老鹰
还朝着枫树这里飞翔呢
枫树
被解成宽阔的木板
一圈圈年轮
涌出了一圈圈的
凝固的泪珠
泪珠
也发着芬芳
不是泪珠吧
它是枫树的生命
还没有死亡的血球
村边的山丘
缩小了许多
仿佛低下了头颅
伐倒了
一棵枫树
伐倒了
一个与大地相连的生命

2013 年，这位一米九的高大诗人像那棵枫树一样倒下了，享年九十。我两次拜访他，每次他都赠书给我，写下“巴义尔文友、巴义尔族弟”等称呼，透着亲切和谦逊。与他交谈，翻阅手头几本他的著作，处处显示着正气、高傲、坦荡、激情，绝无扭捏做作之态，真是文如其人，名如其人。

侯一民

血性丹青铸大师

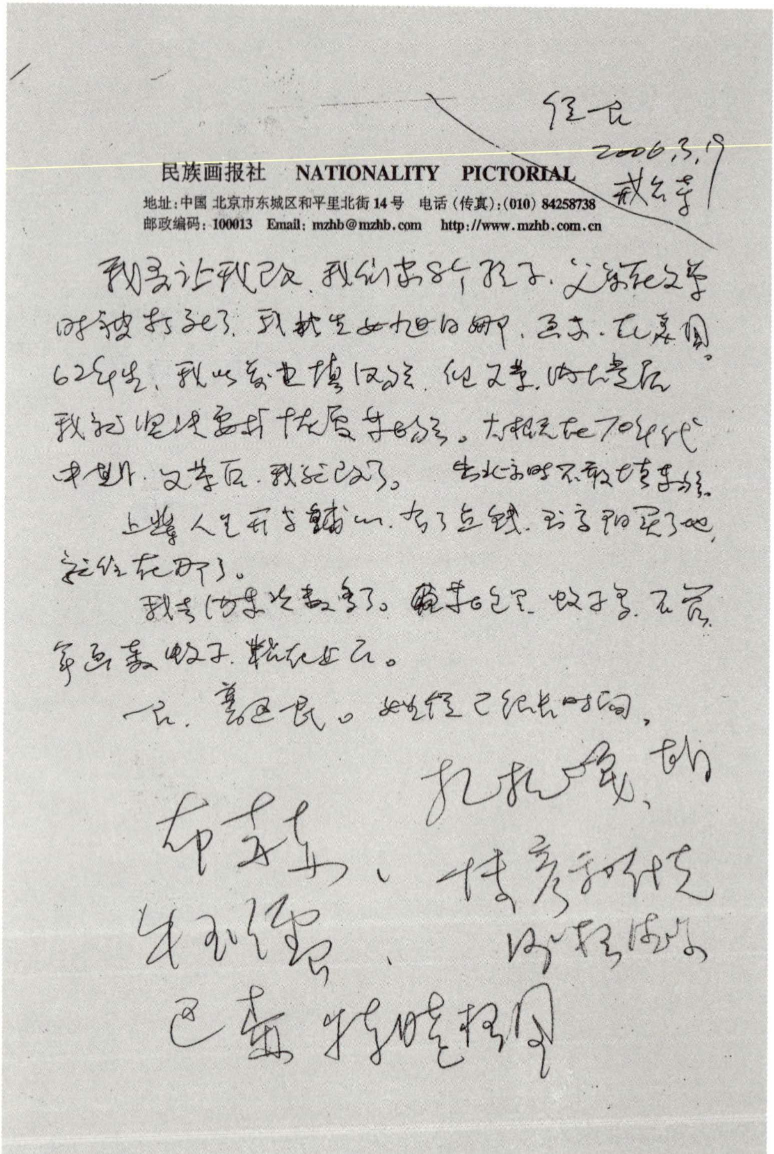

2006.3.19

民族画报社 NATIONALITY PICTORIAL

地址：中国 北京市东城区和平里北街14号 电话（传真）：(010) 84258738

邮政编码：100013 Email: mzhb@mzhb.com http://www.mzhb.com.cn

[illegible]

侯一民珍藏着当年他设计人民币的素描稿复制品

侯一民（1930—），油画家、国画家、雕塑家、陶瓷家、设计家、壁画家、漫画家、美术教育家、文物收藏与鉴赏家……中央美术学院原第一副院长、教授，曾任中国壁画学会会长、吴作人国际美术基金会理事长，为中国文化和艺术家的生存和发展呐喊奔走，这些都已经广为人知。

他是蒙古族人，他的为人，他的作品，他的行为和性格，那般刚烈，那股正气，那种情感，那种才气，无不显露出一个蒙古人的血性和品格。问到他的名字，答曰：一民，普通一民也。

侯先生的绘画、雕塑作品你可能没见过，但是他参与创作的有些作品却是全中国的人甚至很多外国人都见过：人民币。

侯先生的作品太多，收藏品也太多，多到要一个上千平方米的大博物馆摆得满满当当。他的经历太丰富、太坎坷，思想太活跃，太精彩，学问太渊博……随便一个题目就能让你听半天，让初访者几乎无从开口，也使得我笨拙的写作迟迟不能落笔。以下用几个板块分述。

作为油画家的侯一民

尤其擅长并一贯倡导、创作革命历史题材油画。他创作了著名的油画《刘少奇与安源矿工》，“文化大革命”中，因为这件事，他差点被红卫兵打死，“革命小将”们在他身上一共打断了6根拖把杆儿。

刘少奇是著名的工人运动领袖，安源是重要的工人运动根据地，中共四大时全国有 900 多名党员，安源占 300 多名。1959 年，侯一民开始创作《刘少奇与安源矿工》这幅作品，专门去安源体验生活，下矿井，查史料，非常下工夫。这也是令侯一民不堪回首的一幅伤心之作。尽管它在那个年代以极富感染力的构图和表现方法，为革命历史画的创作树立了榜样。

侯一民回忆道：

这是中国革命历史博物馆（今中国国家博物馆）给我的任务。这之前我就多次去过大同煤矿、阜新煤矿等，与画家同行或带学生去，亲身体验煤矿着火，与矿工们建立了良好的感情。

领袖的形象如何表现是一个重要的问题。完全按当时的照片来画，结果是人们可能认不出来，因为少奇同志的青年时代人们不熟悉，但画成今天的少奇同志，又失去历史画应有的真实性。突出地表现领袖人物又是这个题材内容所要求的。

另一个问题是如何表现矿工。表现他们面黄肌瘦、衣衫褴褛？ 1922 年中国工人的生活特别是矿工的生活是今天的人们难以想象的。他们是最底层的奴隶，不是衣衫褴褛，简直是赤身裸体，没有手巾擦汗，就用一个羊肋骨刮汗，工头毒打，瓦斯爆炸，工人们形容自己是“三块煤夹一块肉”。但他们不是叫花子，他们有铁一样的性格，是坚强的无产阶级队伍。可是我去画的时候已经是新中国成立后，我请的模特儿无论从脸型和神态乃至皱纹都很难与那个时候的矿工形象接轨。

1959 年，第一稿画出。1959 年、1960 年，我画了大量的矿工素描，1961 年第二稿画出。就是现在大家看到的油画。

当人民英雄纪念碑矗立在与天安门相对的广场中轴线上时，完全表明了中国共产党人对先烈们的永久怀念。由于油画的特性，油画首先承担了图绘革命历史的重任。在某种意义上讲，这也或多或少受到了苏联艺术的影响。

新中国成立以来油画的发展是以革命历史题材的表现而树立了一个时代的成就标志，为此全国美协于 1961 年 6 月 2 日至 7 月 10 日在北京召开三次“革命历史画创作座谈会”，对一个时期以来的历史画创作进行总结。会议的议题有：革命历史画的群众场面如何描写；革命领袖与群众的关系如何表现；革命受到挫折时的悲壮题材如何处理。参加座谈会的有为革命博物馆创作历史画的画家罗工柳、董希文、艾中信、侯一民、林岗、王恤珠、鲍加、詹建俊、靳尚谊、秦陵、肖锋、金山石等。

擅长把握重大革命历史题材的侯一民先生还创作了《庆祝中国共产党 30 周年》《跨过鸭绿江》《青年地下工作者》《东风颂——毛主席与亚非拉朋友》《六亿神州尽舜尧》《毛主席与安源矿工》《血肉长城》等。

侯一民先生虽然也为此遭到深深的伤害，但他目睹了先烈们的洒热血抛头颅，心中有着强烈的革命和英雄情结。也因为革命历史题材的创作完全吻合了中国共产党文艺思想中的宣传、教育功能，所以尽管 1949 年以来的历次政治运动对艺术创作都带来了或多或少的影响（侯一民的《刘少奇与安源矿工》原作被销毁，1977 年重画），但表现革命历史题材的创作在中国美术史上始终有着一种不可替代的地位。而侯一民先生无疑是这个创作队伍中的高手之一和突出贡献者。

最"富有"的画家

侯一民先生的作品最"值钱"，因为他画的就是钱。

侯一民先生最出名的作品是参与设计人民币，那年他28岁。设计过程中连一个小纸条都要捡起来收走。高度保密。

侯一民参与了第三套（1958年）和第四套（1982年）人民币的设计工作，是与著名画家罗工柳、周令钊、邓澍、陈若菊等5人共同完成的。其中大部分素描稿是侯一民做的。

这个工作是周恩来总理直接管的。邓小平同志也提过，说一角钱那个女拖拉机手还可以再美点。他们画得特别细，特别逼真，那稿子直接当钱花都可以。设计时的保密要求很高，上不传父母，下不传子女。

"文化大革命"前的人民币都没有出现领袖头像。侯一民说：

这里面有原因。国际货币中，英镑上有英国女王，美元有华盛顿，差不多每个国家货币都有领袖的大幅头像，前三套人民币本来设计人员的方案都有毛主席头像，第二套人民币5元券本来的方案是，民族大团结的背景下，少数民族代表抬着一个毛主席画像，1元券里天安门城楼上挂着毛主席像，2角券中的火车头上也有毛主席像。当时的设计原则是体现总路线，我们参照苏联钱币画列宁像的方式，画了毛主席像。这个方案报上去之后，毛主席表示不希望自己出现在人民币上，后来的方案就改了，5 元券上的毛主席像换成了标语，1 元券天安门上的毛主席像去掉了，2 角券火车头上的毛主席像改成了五角星。后来毛主席头像也就一直没有出现在人民币上，直到毛主席逝世后。

设计过程中周总理提出了很多意见，如第三套人民币的 1 角券本来设计的是机关干部参加劳动。周总理说改为“教育与生产劳动相结合吧，1 角券学生们用得多，对他们有教育作用”。第二套人民币 1 分纸币最初的设计图上的汽车是美式的，当时还在抗美援朝，后来就改成了国产解放牌车。

第四套钞票本来计划中没有 50 元和 100 元的。第四套人民币设计从 1976 年开始，主要部分持续到 1980 年，当时“四人帮”刚刚被粉碎，本来上面的任务是希望我们能画四个现代化，我们考虑到当时国家稳定，民族团结，全国都出现一个新局面，就提出在人民币里展现中国的各个民族的方案，中央批准了。后来又追加了 50 元和 100 元票面，50 元券用工农知识分子头像解决了，100 元券用领袖头像是周令钊想出来的，他是看国庆 30 周年大庆时游行队伍的 4 个彩车上已故四位领袖画像之后想出来的，当时毛主席已经逝世，这个方案一提出，中央也同意了。第四套人民币最成功。

我参加的是第三套（1958 年）和第四套（1982 年）的设计，小组里有罗工柳、周令钊、陈若菊、我和夫人邓澍，都是中央美术学院的。大家一起商量，确定方案，上报中央。有时候中央还会提出方案，最高层确定之后我们才开始具体运作，谁负责前面的人物，谁负责后面的风景文饰，这时候才决定。第三套中的 5 元券还入选过“世界钞票精品”，虽然反映了当时大跃进的时代内容，艺术上还是很好的。第四套也不错，比较有中国特色，体现出中国特色的民族大团结，有时代意义。另外很多细节包括票面背后的花纹等等也都很精细，花了很长时间去挑选，去画，都是很有中国特色的花纹。画 1 元券那个拖拉机时，我在天津一个农场选择了一个拖拉机，在一个角度就画了两天。设计完之后，我们大概拿了几百元稿费，也都交了党费。

人民币是侯一民先生“流传最广”的作品，每个中国人的口袋里都有这些作品，但是他没有因此“吃老本”，而是在更多的领域里获得巨大成功。为画好这些人物，侯一民先生多次到全国各地采访，写生，以极其认真负责的态度和巨大的热情投入了创作。1961 年，侯一民、邓澍夫妇还应邀为阿尔巴尼亚画过钞票人物。在他家的展厅里，我请侯老师在画稿前留影，本能地问，这是原稿？侯教授说：原稿在中国人民银行、钞票博物馆藏着呢。这是照片，不可能把原稿给我们，设计时连一个小纸片也都收走。

作为蒙古族人的侯一民

侯一民先生指着人民币 10 元券上的蒙古人形象得意地说：

这个蒙古族很像吧？我问：您在设计时是不是在这个方面有了点“私心”？他哈哈大笑。

侯一民讲：我去过内蒙古很多次，“文化大革命”前后都去过。我们去过四子王旗，和邓澍还去过呼伦贝尔盟，请布里亚特姑娘当模特儿。

我们家上辈是开当铺的，攒了点钱，就到河北高阳县买了地，我就出生在那里。我们家姓侯已经有很长时间了，我们兄弟姊妹共8个，以前我还填过汉族，因为当时不敢填蒙古族。大概在70年代时我就改回来了。我女儿叫旭日娜，也是画家，现在美国。现在也填的是蒙古族。

作为思考者的侯一民

年近七旬创作17米巨幅作品《逐日图》，堪称视觉上的蒙古利亚人种的迁徙史诗。

侯一民教授的《逐日图》是他在1998年创作的17米长卷，表现了中华先民拓殖美洲的历史壮举。侯先生考证说：

《逐日图》是我对历史的一个新视角，这也和我的民族属性有关。

我出访美洲五国，所到之处，无不感受到美洲文明之辉煌，源于中华的龙凤文化特征更是鲜明可见。而日出扶桑，月中玉兔，三足金乌更是无可辩驳地表明它与中华文化的渊源关系。在与印第安学者的交谈中，他们争相认亲，互称兄弟，情真意切。更鉴于自1492年以来，西方殖民者对印第安人的灭绝性屠杀，对其毁灭这个民族的典籍的愤慨，萌生以图画表现中华先民拓移美洲的奇想，驳斥“哥伦布发现新大陆”之谬误。

“夸父逐日”并不是一个远古的神话，而是一个有史籍可查的强大部族，是炎帝第九世苗裔。距今约6000年前，黄帝族兴起，与夸父族大战，夸父族败，四散为生。其中北退的一支辗转迁徙于河渭与大泽（贝加尔湖）之间。

炎帝族以火与日为图腾，“逐日”就是观测日影，以求生存。“禺谷”是日出之谷，“汤谷”是日落之谷。夸父人向西走进入日落之谷，后逐渐改变方向往东寻找日出之谷，故名“夸父逐日”。这在《山海经》里都有记载。所以我就想用绘画来表现这个宏大题材。

从作品来看，侯先生不仅很好地把握了这样一个大题材，在手法上也有许多独到之处。作品中有黑白，有彩色，有具体人物形象，也有古今汉字，还有符号，徽记，图腾。更有“绝招”：如此视觉巨帙却没用任何画笔，是综合了搨、印、喷、漏等别人不曾使用的手法，充分表现了一个艺术大师不断创新的能力。

《逐日图》把千言万语才能解释清楚的古老高深问题直观地形象地展现在观众面前，高度概括，如临其境。不仅在学术上有突破性的价值，技巧上也有新意，对于一个年近古稀的人来说不是一件容易的事情，他本可以在家休养，敢于碰这样的硬题材，非有超越艺术家的魄力和统领千军万马般的雄才不可。

作为壁画家的侯一民

他创作了大型壁画《血肉长城》，陈列于中国革命博物馆近代史序幕大厅；创作大型广场石雕壁画《东方文明》，矗立在深圳“世界之窗”。还有多幅大型壁画遍布全国各地。他创办了中央美术学院壁画系。担任中国美协壁画委员会主任。亲自出面筹资举办全国壁画展览。向全国两会提案。为壁画家们的权益奔走呼吁。主编《中国壁画百年》。为中国壁画的发展呕心沥血。

侯一民先生本是学中国画出身，在北平艺专时因为不愿意加入国民党而转向学习油画，善于把握大型作品的侯先生又对壁画产生兴趣，并倾力为此奔走疾呼，终于使得壁画得到官方和大众认可，使得壁画这个画种为这个文明古国增添了气势宏大、千古流传的一笔。

他说：1978 年 6 月 1 日，我起草了一个报告，以美院领导小组的名义报给文化部长黄镇，要求成立中央美院壁画工作室，之前应成立壁画研究小组。

那些个体创作与壁画不同，壁画与使用单位的关系，作者与建筑师的关系，作者与单位领导和群众之间的关系等等都是要考虑的，它面对的大部分是公共场所：展览馆，医院，宾馆，车站，飞机场，少年宫，广场等，每天与不同的观众见面，在很长的时间里它具有稳定性。这就要考虑到各个阶层的需求，创作者个人的主观会减少很多。

1979 年，中国第一个壁画研究室诞生了，让我当主任。

我们招了第一批研究生、留学生和本科生。两年后，壁画系成立，这也是中国教育史上第一个和唯一的壁画系。那些毕业生如今都是中国壁画界的骨干。这使我的壁画梦变成了现实。许多老一辈艺术家都为此出力，或创作，或呼吁。

1985 年，我担任中央美术学院第一副院长，只好辞去壁画系主任一职。2000 年，中国壁画学会成立，大家推举我为会长。2004 年，我主编《中国壁画百年》大型画册。

2005 年，得知武汉《赤壁之战》大型壁画将要被毁，我和美术界同仁紧急致信文化部和中宣部以及湖北省、武汉市，要求保留，经过艰苦的呼吁，这幅 135 米长的世界第三大壁画得以保留。

侯一民先生不仅建立了壁画教育体系，创办了壁画学会，组织了壁画队伍，还在忙碌中自己创作了多幅壁画，为中国壁画的发展做出了重大贡献。他的作品主要有：

《丝路情》，毛织壁画，1981 年，北京图书馆贵宾厅。1991 年重织，为香港京华国际大酒店用。

《百花齐放》，陶瓷高温花釉壁画，1979 年，人民日报社。

《血肉长城》，红结晶釉浮雕壁画，1989 年，中国革命博物馆序幕大厅。

《海上及陆路、丝绸之路》，汉白玉线刻壁画，苏州丝绸博物馆，1992 年。

《东方文明》，1993 年，深圳“世界之窗”广场石雕壁画。

《春水游幸图》，2003年，北环水系皇家码头，色釉立线斗彩壁画。

《红色之旅》，宁夏迎宾馆，壁雕，2004年。

《文化北京》《火烧圆明园》，全景画及路口壁雕群，2002年。

《丝绸之路》，沈阳百货，沥粉陶瓷壁画，1989年。

《上下五千年》，1985年，为大百科全书大厦设计制作。

《长城秋色》，1986年，邓澍为中旅大厦作。

倡导壁画进入农村农家并烧制影壁画，1981年。

另有侯先生组织创作、协助或指导的作品：

为北京华都饭店、肿瘤医院、北京图书馆创作壁画；

组织武汉黄鹤楼壁画工程；

与珊瑚（即侯先生女儿旭日娜）、仲伟生共同完成北京针灸骨伤医院壁画；《中国医学》高温花釉壁画等。

2009年汶川地震一周年时，组织画家创作200米巨幅素描壁画《抗震壮歌》在北京中华世纪坛展出。

侯先生为中国当代壁画的发展真是呕心沥血，持之以恒。仅从现在已经发表的侯先生发言、报告、讲座等内容来看，足以说明中国壁画发展之历程，侯先生心血之倾注。仅看题目：《致黄部长的报告》《关于壁画研究小组开展工作问题的请示报告》《壁画与实际》《壁画创作杂谈》《学艺记》《关于高温窑变花釉陶瓷壁画和高温素描炭棒陶瓷壁画研究成果的报告》《为农民作壁画》《壁画〈长城秋色〉落成答记者》《陶瓷壁画的制作工艺》《壁画之梦》《再现东方文明》《2000 年当代壁画艺术座谈会开幕词》《2000 年 9 月在当代壁画艺术座谈会上的发言》《在第二届壁画艺术委员会成立大会上的讲话》《在 2002 年当代壁画座谈会上的发言》《致孙部长》《筹办成立中国壁画学会申请书》《致李学举部长》《中国壁画百年（画册）前言》《在检察日报“法律生活”栏目关于壁画被毁问题法律专家座谈会上的发言》《致刘云山部长》《关于保护〈赤壁之战〉全景画的紧急呼吁书》。

作为雕塑家的侯一民

“有人做了一个雕塑就成了雕塑家，我做了 15 万个雕塑，算什么呢？”侯一民的雕塑作品从北京的长安街到深圳，大至室外数米高的作品，小到一个拳头般的作品，无不展现出一个艺术大师的风采和激情。

首倡“大美术”概念，鼓励艺术家走出“小自我”，为大众和社会服务。

侯先生说的 15 万个雕塑指的是为深圳市“锦绣中华”“世界之窗”等大型民族民俗公园设计的各种小型雕塑。

他说：由于偶然的机会，我被聘请到深圳市华侨城担任“锦绣中华”“民俗文化村”“世界之窗”的艺术总顾问，参加了这三个主题公园的策划和建设。由于这三个公园的建成，开辟了中国各地民族文化旅游的兴起，各种民俗村和微缩景观涌出。

这件事可能与我的油画创作或国画创作没关系，但是吸引我的是中国丰富多彩的民族文化，我急切地想表现它。文化内涵是公园的生命所在，美术家有时比建筑师更了解中外文化遗存，为了防止将民俗庸俗化，服饰舞台化，保持公园的文化层次，我不知进行了多少次争论。

由于我的坚持，在这些景区里再现了中国及世界各地的民俗场景和历史事件，表现方式就是数以万计的“小人儿”。我们一批艺术家包括邓澍、景玉书、张颂南、毛凤德、汤夙国等，经过严格的考据，广泛地收集，画了上千幅草图，又和泥人张、朱一圭等人合作，采用了两次烧制的斗彩工艺，5年的时间里总共烧制了15万个小人儿！它们耐暴晒、抗风雨，与草坪和建筑融为一体，构成立体的文化景观。以致深圳人们叫我“小公崽之父”，是“最不讲计划生育的人”。

由于侯一民这样的大艺术家参与，出任总设计师，深圳这样一个曾被认为是“文化沙漠”的地区，这三处主题公园都获得了巨大的成功，至今魅力不减，而且为其他地区频频模仿，堪称一个创举。事实上，侯一民先生并非只作“小人儿”，他还有许多“大作”。

侯一民先生设计创作了《东方文明》大型壁画石雕。它位于深圳世界之窗的正门广场，任何“到此一游”的人一定会在此驻足留影。这幅作品长80米，高10米，融合了世界五大洲的文化精华，高度概括了它们，在有限的空间里给人们以艺术的享受和文化的感染。

在深圳湾里的一个小岛上，侯一民先生设计了一个14米高的面向香港的千手观音佛像，佛像向着港澳和大海，被誉为“开发的象征”，“友谊的象征”，夜间，香港那里灯火辉煌，这里的佛像金光闪闪，遥相呼应。

为山东曲阜孔庙的规划提出建议，大至园林规划，小到旅游纪念品的设计，都有着极好的创意。

为广东惠州设计“白鹭湖景区”，融入宋朝的文化精髓，以苏东坡和陶渊明的故事和作品为切入点，把山水建筑美妙地结合起来。为广东小梅沙设计“海洋世界”，把以往海洋的再现只停留在展示海洋动物的阶段提升到展示海洋文化的高度，融入了中国几千年文化的内涵和各国海洋文化的精华。

位于北京长安街上的北京邮政枢纽大楼前，一座《环宇传书》的大型雕塑矗立着，形象地表达了这个行业的特性，在高楼林立的长安街上增加了艺术的气氛，也出自侯一民之手。

其他小型的创作包括各种陶瓷作品的烧制就数不胜数了。总之，作为一个雕塑家的侯一民先生，以其无可争辩的事实确立了自己在雕塑界的地位，并由此提出了“大美术”的概念，展示了一个艺术大师的气魄与胸怀。

“大美术”指的是一个画家或一个艺术家除了自己在有限的空间比如说画框里创作之外，还应该关注画框以外的空间。

侯一民先生以自己几十年来在多项领域里创作成功的例子说明，一个艺术家一定要把自己融入到社会里，不要一味强调“自我”的感觉，与社会生活脱节。

侯先生设计过人民币，做过雕塑，烧过陶瓷，画过油画和水墨画，还是一位收藏大家，写过文章，拍过照片，当过记者，早年入党，在白色恐怖下为党工作，为中国当代美术教育事业做出重要贡献，桃李满园，德高望重，身兼多职，离而不休，多年来为艺术家权益奔走呼吁，敬师爱幼，宽以待人，严于律己。

侯一民先生不只是设计，他还亲自挽起袖子干，烈日下，水泥地上，石雕现场，窑炉前……那种投入，那般认真，倾注了侯一民先生和他的合作者们太多的心血汗水。

作为漫画家的侯一民

讽刺和抨击现在已经很少见了。作为漫画家，他天生就有一双正直而犀利的眼光。他的漫画和寓言诗画堪称一绝，独家风格。

寓言是一个古老的文学体裁，漫画也是一种通俗而隽永的绘画形式，一般大师级的人物很少涉足这个领域。但是侯一民却发现了其中的哲理和乐趣，遂在自己70岁后画起了“寓言诗画”，以大师的学识和领悟力对中国古代寓言进行了梳理，从中择宜画出30幅作品，画上题寓言故事，下面是彩墨，似漫画，似写意人物画，书画相应，妙趣无穷，乃侯一民大师的一大创举。从而验证了那句话:“没有大小题材之分,只有大小画家之别”。

侯先生说:

在两千多年前的战国时期,大量的寓言已经见于文字记载。如《庄子》《韩非子》《吕氏春秋》《战国策》等著作中就有许多优秀的寓言。许多著名的思想家文学家都写过很好的寓言,其中充满着智慧与哲理,寓意深长,幽默辛辣,是文学遗产中的一支瑰宝。

老友诗人刘征送我《寓林折枝》一书,使我得以统揽两千年来寓言之精华,每遇精彩之处不禁会心拍案,千年同一笑,千载同一哭,仿佛古人仍活在今世。

于是,择古寓言中文字较短且适宜绘画者绘成图,画随文意,不计工拙,自 2001 年至 2002 年共成图 30 幅,遂持画请教于刘征大哥。刘兄为拙画又配诗寄来,或借题发挥,或反意调侃,众友读之无不开怀而笑,称之为“现代后”古寓言续篇。

于是,古文新画新诗相映成趣,互为引申,似古树新枝,如老汤重煲,显示出大家们的正直与操守,亦是大文人之间的一种思维嬉戏。侯一民先生与诗人刘征合作的《古代寓言诗书画》一书中可见文人之间的这种智慧游戏。另在侯先生的《泡沫集》里也有自己对创作漫画、打油诗的体会,这是一些有感而发的小诗和漫画,国画小品,内中包含着“文化大革命”间受难的苦涩及“黑色幽默”,也有侯先生生性耿直而难于与社会浊流为伍的苦闷。进入侯先生的艺术馆里，这些作品与《逐日图》等都挂在同一个大厅里，读来令人在笑声中沉思。

作为收藏大师的侯一民

名家手迹，民间小品，广纳博收，挖宝不止，几十年来“死不悔改”。

大凡艺术家都会自然地对各类艺术品感兴趣，那不仅是一种收藏，更多的是一种学习途径，一种认识事物获得知识和拥有宠爱物的喜悦。这种收藏爱好大概从 1943 年他 13 岁时就开始了，1956 年他购得齐白石、黄宾虹的作品为转折点，从此“买旧物上瘾”，以后再也没停止。包括他在“文化大革命”期间下乡时也不忘收集散落民间的小玩意儿。1964 年去邢台地震现场在一周内抢做了人们抗震救灾的雕塑后，临行前还不忘从当地的小书店里购得印制精美的国画卷轴。

侯先生说：清代大画家徐青藤说过：人无癖不可与交，以其无真情也；人无疵不可与交，以其无真性也。这两句话让我有恃无恐地“癖”了起来。我算个“艺术家”吧？艺术家的创作艺术品本来就是给人把玩的，所以我就认为“玩物未必丧志”的理论根据。

50 多年前，我在琉璃厂的一个古玩店里见到两件唐代的小陶塑，小马和小羊，从此被这些小玩意儿“俘虏”了。后来又发现了几件，没等我去买，就被一个工艺美院的教授买走了，我就惦记着其中的一个黑白花小鸡，我想了 40 多年，直到不久前我在潘家园碰到同样的一个，立刻买下，了了一桩心事。

一次我在山东淄博做壁画，赶上古窑址的垃圾堆，从民工手中买到了大量的这类古代玩具。在香港，在荷里活街发现在内地博物馆中才能见到的唐代陶瓷，古玩店中满地都是，我买了不少，几个月后文物部门发现不对头，下了禁令，我再去时已经没了踪影。

这些小古玩为什么使我着迷？我把玩它们时是那么开心，忘掉一切烦恼。从中我发现了许多古代图腾的变化，古人生活的许多信息都可以在那里找到。那些玩具的高超造型艺术更使我折服。

侯一民先生专有一篇文章曰《捡漏记》，自然是得意之事，“拣大便宜”之事。凡收藏者，一定会有几件开心识货之物。侯先生身居北京，对古玩市场自是十分了解。从后海到白桥，再到红桥，潘家园，有空必去。和那些道中之人也混得很熟，有信息自然会告知，侯先生便一一造访，每每都能“捡漏”。由于痴迷，有一次骑单车到劲松桥下，空无一人，看表才知，错把大针当小针，提前了 4 个小时。

至于拣得何种“大漏”，侯先生认为，拣的是精品，非价格便宜也。至于家中有何得意之藏，侯先生说，将来出一本画册，拿出来供大家欣赏。

侯一民先生就像一所学校，一个艺术文化宝库。

胡佩衡

独坐山斋听远鸿

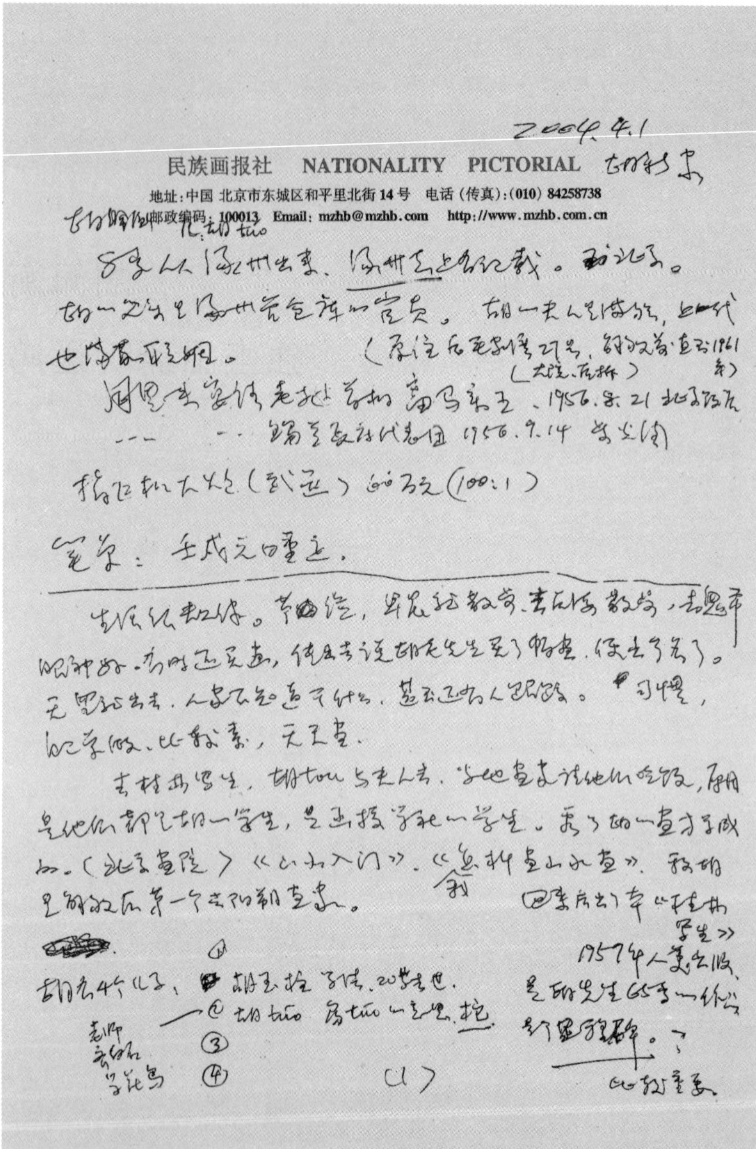

2004.4.1

民族画报社　NATIONALITY　PICTORIAL

地址：中国 北京市东城区和平里北街14号　电话（传真）：(010) 84258738
邮政编码：100013　Email: mzhb@mzhb.com　http://www.mzhb.com.cn

8岁从广州出来。[illegible]

[illegible]（大陆、台湾）

[illegible] 1956.5.21 [illegible]

[illegible] 1956.9.14 [illegible]

[illegible]（100:1）

[illegible]

《山水入门》《怎样画山水画》[illegible]

[illegible] 1957年人美出版 [illegible]

胡[illegible]4个儿子：①[illegible] ②胡橐 [illegible] ③ ④

（1）

胡佩衡与齐白石

采访画家是个挺难的事儿：因为语言很难描写画面的感觉，面对著名画家的一大堆材料和评价，更是似乎无从下手。如果画家本人已经过世，第一手的资料就永远失去了。但是我寻找蒙古族人物的决心不减，即使只有片语断句，也要尽可能地留下，留下的方式之一就是不断地复制和补充信息——从零星变成完整，从一个媒介转移到另一个媒介，实现二次传播和多次传播。辗转找到了胡佩衡之孙胡新，资料便呈现在眼前。浏览寻觅中，突然发现胡佩衡先生的一大不同之处：原来胡先生早就把绘画和市场经济结合起来了！

手头有一份“胡佩衡山水润例”——就是作品的明码标价：

堂幅八尺一百元六尺五十元五尺四十元四尺二十四元三尺十元三尺以下六元，横画加半，屏条照堂幅例减半横画照手卷例算，册页手卷每方尺四元过尺递加，纨折扇每面四元，花卉照山水例六折，青绿金笺均倍临古点品另议润资先惠，立索劣纸油扇均不应。壬戌元日重定，京寓西四牌楼后毛家湾 27 号。

不知现在的画家是否有这样的挂牌公示，这样的具体细致。一般而言，画作乃至一切艺术品是无价的，在当今艺术品更是附加了许多画外因素，而胡先生的时代，商品经济还不被提倡，敢于明码标价，正如百货店的商品一样，是买卖双方乃至社会环境认可的。下面这份资料“中国山水画函授学社简章”就更能说明胡先生是明明白白做事的。

本社为便利有志画学因路远及职务年龄等关系不能直接就学通函教授以期普及。本社由胡佩衡先生本历年之经验分人函授因学者各人之程度资质而变更方法无论已学未学经其指点无不豁然贯通。……凡有志向学者随时报名交纳学费并寄来本人相片及略历已能画者附作品一张未能画者附书法二张函寄北平西四牌楼后毛家湾27号本社接到后即开始函授。……学费每月十元邮杂费等亿（一）元每三个月一缴如将全年或二年之学费一次缴清者可免交邮杂费。……欲面授者每星期来本社一次每月学费十六元其日期时间临时商订。

以上两件，并非说明胡先生只认“润笔”或“学费”。首先，一个艺术家也是普通人，胡先生是光明磊落的艺术家，要画好画儿，也要挣点银子生存。而能够把这两样结合起来的人还真是值得后人学习。这个“中国山水画函授学社”是由胡先生夫妇发起筹办的，全国各地都有学员，他们按要求寄来作品，经胡先生批改后再寄回去。

如此说来胡先生很“看重”学费了？绝不是！胡佩衡先生是一位著名的、德艺双馨的中国画家。早在1918年，北京大学蔡元培校长就主持成立“画法研究会”，聘请当时的国画名家贺履之、陈师曾、汤定之等为中国画部导师，同时聘请青年画家胡佩衡、徐悲鸿为导师。那时胡先生才26岁。关于这一段生活和工作情况，胡先生有回忆录说：

我自幼就爱绘画，十多岁就开始画山水。当时家里有一些山水画，天天看着很有兴趣，渐渐对画临摹，十五岁时已经有学校老师和同学找我要画条幅了。不久遇见了西陵山水画家李静斋先生（名定安），他看我幼年敢画，就教给我许多用古人的笔墨进行写生的技法，把他收藏的名画一张张教我临摹。由于静斋先生的教导，使我在20岁时已经能单独创作，并且和当时的画家时相来往，加入他们的画会，列入画家之流了。

蔡先生嘱我编写一本极通俗的《山水入门》，他在书的前面手题“中国山水画的解剖术”以为推荐。蔡先生又嘱我主编创刊《绘学杂志》。那时正是北大“五四运动”的高潮，我受新潮流的影响，又由于主编杂志的关系，迫切需要对西画的认识与学习。所以，我也本着自己学习西画的粗浅知识写了一些短文在《绘学杂志》上发表。由于我学习的西画技法能渐渐地融化在国画里边，所以我画国画很容易有自己的面貌。

以后，我又不断编写了《冷庵画诣》《中国山水画布置法》《中国山水画点苔法》《绘事随笔》《王石谷画法抉微》等论画书十余种，并编辑国画杂志《湖社月刊》，以提倡国画。

胡佩衡先生经过研究，发现当时中国画的缺点是盲目临摹脱离现实。于是他就主张“用古法去写生，由写生而创作”，想把山水推进到写实的境地，不要拘束在古人的圈子里。为此，他除了写出那些画论书籍之外，还身体力行，亲赴桂林写生。后来出版了一本大型画册《桂林写生》，成为画界的一个里程碑式的作品集。在前言中胡佩衡写道：

我这次到桂林写生，到处受到欢迎，可以看出人民对于祖国绘画的热爱。为了配合民族绘画的发展，人民美术出版社叫我写一本极浅近的小书《我怎样画山水画》，此书对于写生和创作是很注重的，因篇幅有限，举例不多，也未谈到较深的理论。所以更选印这本《桂林写生》为了写生和创作在实践中的参考。

可以说，这本画册是胡先生倡导国画写生思想的一贯行动，也是他在几十年前就主张国画改革的夙愿的实现。他是1956年去写生，1957年出版，那时胡先生已经65岁高龄了。到了桂林，胡先生夫妇受到了热烈欢迎——不光是大师来了，而是这些在当地的画家或有关方面的负责人大都是胡先生的学生。这一次胡先生收获颇丰，现在欣赏这些作品，仍然使我们感动。

在荣宝斋出版的《荣宝斋画谱——山水部分·胡佩衡绘》里这样记载：

用毕生精力推动绘画艺术事业的改革，为振兴中国画做出了贡献。他的作品富有韵律和节奏感，画中见诗，力矫积习，独标风骨。60岁后，画风更入佳境，笔酣意浓，雍容大雅，不激不厉，风规自远，给人以一种气韵洞达，灵动爽朗的美感。当时齐白石为他题诗赞道：层次分明点画工，启人心事见毫锋，他年画苑三千辈，个个毋忘念此翁。对君斯册感当年，撞破金瓯世可怜。灯下再三挥泪看，中华有（无？）此好山川。

这是齐白石先生在1926年为胡先生画册题的诗，可见齐翁对胡先生有多么高的评价。从现存的印章上看，胡佩衡还用过“无近”“烟潭渔隐”“胡佩衡印”“胡佩衡”等4个印章，而这4个章竟都是齐白石给刻的！

胡先生有4个儿子，均已过世。我见到了与胡先生同样学画的孙子胡新，胡新现在也是以画油画为生，他虽然没有多少对爷爷的印象，但是很为有这样的爷爷而自豪。

胡新说："我爷爷生活很有规律，每天早晨就去散步，到北京的后海一带逛'鬼市'，就是卖古董的地方。那里经常有古玩，爷爷的眼力特好，有时也买点古画，卖画的人都知道我爷爷的大名，经常传出去说哪一幅画被胡先生买走了，那幅画便出了名。因为我爷爷每天走得很早，一些人就怀疑他在做些什么事，有一阵子还有人跟踪他。他天天画画，生活朴素。"

胡佩衡 8 岁从涿州出来，父亲是涿州一个管仓库的官员。夫人是满族人，其上一代也是满蒙联姻。《涿州志》上有关于胡先生的记载，中国美术史上更有记载，作为一个画家，胡先生当之无愧地被载入了绘画史。晚年的他虽然患病在身，人们却看不到他的艺术有衰减之势，甚至在逝世的前一天晚上还在作画，支持他的精神支柱是什么？胡先生自己有诗作答：

七旬已过尚非聋，独坐山斋听远鸿；气静心平神益畅，丹青到老始求工。

胡佩衡，河北涿县人，1892 年生于北京，1962 年逝世。蒙古族，原名锡铨。字佩衡，号冷庵。自幼喜好绘画，其画法从清代王石谷入手，遍学各家，逐步形成自家面貌。1918 年被北京大学校长蔡元培聘为画法研究会中画部山水导师，受"五四"新文化运动影响，除研究传统画法外，并对油画、水彩等外来画法广做尝试，较早提出"用古法写生，由写生而创作”的艺术主张，并终生身体力行。其山水画因富新意而受到齐白石等人推崇。先后任教于北京师范大学、华北大学，20世纪50年代后任北京画院院务委员及人民美术出版社社外编辑。其作品气势磅礴，兼容南北，用笔刚健苍劲，喜用浓墨重彩，画风浑厚而空灵，有深厚的传统功力兼具时代气息。著有《山水入门》《山水画技法研究》《画史汇传补编》《齐白石画法与欣赏》《我怎样画山水画》《中国画家丛书——王石谷》《胡佩衡画集1—5册》《画笔丛谈》《桂林写生》等多部画册和论著。

陈志农

剪刀碳笔写人生

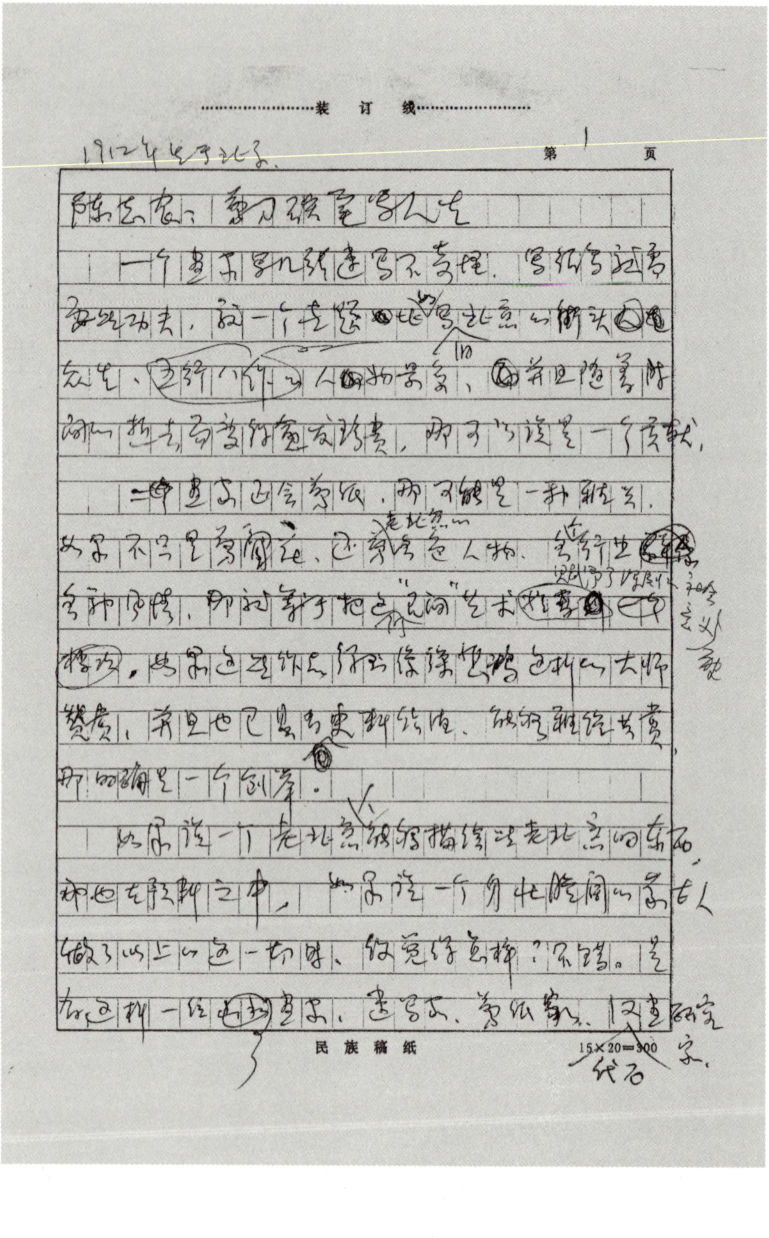
装　订　线
第 1 页
民 族 稿 纸
15×20=300

1996 年陈志农在家中

徐悲鸿说：陈先生是今日中国艺术界代表人物之一，有望成为新型曹雪芹。

胡絜青惋惜道：实在披露得太晚，陈先生是我国现代美术的先驱者之一。

他是艺术界巨子，是一颗被埋没的金子。他是蒙古族人。他叫陈志农。

一个画家画几张速写并不奇怪，画了很多就需要些功夫。而画一个专题比如说写旧北京的街头众生、人物景象，并且它们随着时光的逝去而变得愈发珍贵，那就是一个大贡献了。

一个画家剪纸，可能是一种雅兴。如果不只是剪窗花还剪老北京的各色人物风俗，这些作品得到像徐悲鸿这样的大师赞赏并且已具有很高的价值，能够雅俗共赏，那的确是一个创举。

不错。是有这样一位水墨画家、速写家、剪纸家、老北京民俗研究家、汉代石画研究家，中国艺术研究院美术研究所研究员，他叫陈志农，身材魁梧，言语清晰，为人和善，才智过人。画家、老北京、蒙古族……这些词汇足够吸引我了。经《中国民族》杂志编审斯热歌介绍，开始了与陈家三代人的交往。1996 年我初次采访时他住在北京城北靠近元大都城墙的一所楼房里，那时陈先生已八十有三，却腰板硬朗，嗓音洪亮，我们坐在沙发上，他却坐在了地毯上，不依不靠，一坐就是 3 个小时。我们谈民族，谈艺术，谈人生，看老人的作品，听老人的故事——80 多岁的人了，哪能没故事呢？

丹青写山山水水

陈志农17岁时加入当时的“中国画学研究会”，他深受会刺绣、剪纸的母亲鲍氏以及会作画的舅舅和四姨的影响。影响他艺术生涯的还远不止这些，胡同口旧式楼房的墙画，影壁上的仕女楼台，烟盒上的洋画儿，外国商行的广告，还有他的第一位启蒙老师李野霈，民国十六年故宫开放时就是李先生带他参观的。

中国画早已闻名世界。她的简洁高雅无处不体现出东方文化的精髓。艺术家创造了美，美又影响了人类。因此大凡艺术家无不是在其艺术品的魅力之外，还有被人称道的品德与人生观。比如陈先生，从小作画至今已半个多世纪，却不事张扬，默默耕耘。在一份1955年的中国画研究会的理事名单上，陈先生与启功等人榜上有名。陈志农有着蒙古人的健壮体魄和艺术天赋。他喜欢带着画具外出，观察社会芸芸众生，感受宇宙天灵地气，在漫长的艺术道路上甘于寂寞，而将内心的浩瀚之情化作笔下的磅礴，纸上的韵致。更由于他只问耕耘，及至1993年中国美术协会、中国艺术研究院在中央美术学院陈列馆为他举办《陈志农山水画创作生涯展》时，连美学家王朝闻看后都叹道：“和陈志农同事多年，现在才知道他早已长于山水画创作，可见知人之难！”话中之味，自然引人多思。

碳笔绘五行八作

时间是无形的，如何记录那些历史呢？摄影术发明是

1839 年，因此绘画的纪实作用不容忽视。陈志农是画家，速写是基本功。尤其在那个年代，街头作画很不受欢迎。因为那时缉拿罪犯要画“影像”，有钱人家死了人要请画匠“追容儿”。所以当陈志农身着长衫速写时便有小孩围来，无法继续；“锔碗儿”的怕走“背字儿”，威胁他要算账；糖房的以为他是“管地面儿”（警匪、黑道）的塞上一包关东糖请走。这样的环境他仍然没放弃，倒是总结出一套办法，如同摄影中的偷拍、眼盯前方，余光跟踪对象，有时还得跟一段“追拍”。或是“三角定位法”，眼看着同距离的一方，但意在另一方。这种节奏下，快捷地抓住人物神态，舍弃细节正是陈志农练就的功夫。

陈先生的速写涉及面之广，表现力之强在画坛上不多见。如串街小贩、耍手艺的，作坊工匠、食摊茶挑、集市庙会、寺院僧道、乞丐贫民、市井闲人、史迹街景以及算卦的卖假药的。胡絜青评论道：陈志农的速写对后人来说完全是个意外收获，是珍贵的历史人文资料。

陈先生画老北京的民俗如今将近一个世纪了，我们观看陈先生这些关于老北京的发黄变脆的作品，就像在看一部老电影，一部黑白片，一部言语文字表现力所不及的时光回放。他所记录的生活方式，如今有些已难寻其踪，部分还有留传。而天桥市场、食摊茶挑打绳捻线卖水卖黄土之类早已远离都市。因此《陈志农旧京街头速写集》的出版实在是为北京的史料增添了形象生动的一章。

刀剪下喜怒哀乐

徐悲鸿在1950年的《民间文艺集刊》上撰文道：陈先生的剪纸，寻常人以为平淡无奇，我却以为陈先生是今日中国艺术界代表人物之一。因为他用民间艺术形式的剪纸工具，表现一个高级造型艺术的心灵，这在世界上任何地区，也是少有的。陈先生的剪纸题材极其广泛，单以劳动人民为主，我所见的就有一百多种。去年我乘出国之便，带去五六十种，以示捷克苏联朋友。人人赞美，"有目共赏"是不虚传的。剪纸是一种小型艺术，但是陈志农先生的造诣达到一大艺术家的程度，所以我极愿替他表扬，又陈先生有蒙古血统，有望他将来成一新型曹雪芹！

所以有这样高的评价，是徐大师爱才至极。这在艺术界是公认的。

陈先生一生不知剪过多少作品。为社会各界人物剪，为多种重大活动剪，为周围的朋友剪，材料随手可取，但以黑白红蓝为主。一把极普通的小剪子还做了个皮套。别人剪要先画线，然后描着剪，陈先生是一气呵成，从不打草稿。就视觉艺术表现力来说，剪纸更难于其他形式，因为它已经简洁到了无法再"减"的地步。1989年，中国美术馆曾有过一个人体油画大展，人山人海，懂行的不懂行的统统去排队，甚至开了晚场。而在同时同地，一个风格迥然不同的展览在展出：《陈志农剪影艺术展》。广告牌上也只是一个小小的剪影，给人以清新的感受并令人怀旧，引得行家好评。

欣赏陈先生作品，很容易让人们想起摄影的纪实功能。陈先生描绘的那个年代，照相只是皇家的享用和外国探险家传教士们的专利，因此就某种意义上讲，陈先生的速写和剪纸是表现那个时代底层百姓生活的最恰当的形式。它们生动、简洁、易于被人们接受，至今仍有很强的生命力。胡絜青惋惜道，陈先生的作品实在“披露得太晚，他有一颗悲怜的心，不嫌贫穷不嫌丑俗，是伟大的人道主义和写实主义者。从这个意义上讲，陈先生是我国现代美术的先驱者之一”，“是美术由少数人的贵族学院走向民间大众的桥梁”。当今的各种先进手段自不必言，而陈先生的速写、剪纸的确为我们贮藏了那段历史。

绘拓复活汉画像

在中国几千年的历史中，秦汉时期是其中的重要阶段，而汉代石刻画像又是研究春秋战国及秦汉文化的重要史料，是中国古代文化的瑰宝。历史上对汉代石刻画像的发掘研究较早，发展至今已成为一门独立的学科，并有了丰富的研究成果。

20 世纪 40 年代前后，陈志农对此也做出了贡献。

当时，他就职于巴黎大学北平汉学研究所，在此和傅惜华先生一道编审《汉代画像全集》初编、二编两部，并于 1950 年由上海商务印书馆出版，该书内容主要来自山东地区，仅印制 200 部，原计划继续出版三编、四编，专收河南、山西、陕西、江苏、四川等地的汉画像，有关汉画的拓本总计千余幅。

但由于历史的原因，该机构于1954年被撤销，后续出版没能实现，而当年的大量拓片资料也成为巴黎大学汉学研究所的收藏品。据悉，20世纪90年代前后，当年曾在北平汉学研究所任职的法国人康德谟（Max Kaieenmark）、石太因（斯坦因）（Roif.A.Stein）还曾有过相关的学术活动。

陈志农的工作和贡献，不是一般汉画像石的拓片，而是编辑该书期间所绘制的“线绘汉画像”，是根据原拓片按比例缩小摹绘的。拓片图像如有破损，就从不同时期的拓片中加以查证、补足，更加完整易读，画出原画像石初始原貌。通过他的“线绘汉画像”与原画像石拓片的对照，可以了解两千年前汉代文化的发展，对理解汉代石刻画像的艺术魅力会有所裨益。更何况有些画像石已流失海外，陈先生的线绘图就更显珍贵。

汉代画像石的内容极其丰富精彩。北斗星君：描绘了北斗伴着灿烂的群星，天帝太一以星魁为坐骑，踏着祥云巡视环宇。雷公出巡、天神降灾：雷公出巡时必击鼓发出惊天动地的隆隆声，随之风伯、雨神作法，一时人间电闪雷鸣，风雨大作，苍龙也乘机显现彩虹身形，人间犯有天庭之罪的，被雷击火劈受到惩罚，其他黎民则匍匐在地，诚惶诚恐，乞望天神息怒。羽人云牛图：古人向往长生久住，而天上浮云飘动，大鸟展翅天空，正可借此升天，图中长有双翼的天人，下身化为祥云，和同伴一同驾驭神牛，神牛身长双翼脚踏祥云，一同飞升。其他如神人羽兽车及原石拓片、六羽人图及原石拓片、帝车与海神出征及原石拓片、人首兽身图、东王公与西王母及原石拓片、柳下惠坐怀不乱图及原石拓片、荆轲刺秦王图及原石拓片、建舞与乐队及原石拓片、祥瑞之木及原石拓片等无不展示古代艺术和生活风貌，而还原这些画面，陈志农有着先驱之功。

富贵于我如浮云

我们对陈先生的了解还远远不够。汉代石刻画像在中国历史上占有重要地位，内容无所不包。但由于年代久远加之多种因素的侵害，很多汉画残破不全，要鉴定、修补、拓片、摹绘这些古董是件辛苦又不讨好的事情。为此陈先生主编了《汉代画像全集》共两卷，是国内介绍汉代画系的第一部专集。以后又绘制数百幅汉代石刻画，为研究事业做出了巨大的贡献。陈先生没有大学文凭，却以其刻苦学习，广泛吸取精神之营养，先后供职于辅仁大学、师范大学、中法大学汉学研究所等，直至 1954 年转到中国美术研究所。

1933 年，陈志农考入当时设在协和医科大学内的地质部新生代研究室做绘图员，参与绘制大量古生物化石。更鲜为人知的是，他亲手为北京周口店猿人头盖骨复制、着色，供研究人员使用，得到中外考古学家的肯定。后来的许多资料披露，这些头盖骨在战乱年代竟然去向不明，至今还是悬案。

在 1945—1948 年的《北方日报》上，陈先生每周画一组漫画《毛三爷外传》，署名“小陈客串”，共画了五百期。

陈志农祖先是天山脚下卫拉特蒙古人，祖父曾任清朝库伦

(今乌兰巴托）办事大臣。据老人介绍，因祖上征战有功，被皇帝赐封予“陈”姓，即是谐“成吉思汗”之音。从新疆进京后，就住在今北京站附近的江擦胡同内。生于1912年的陈志农一生淡泊名利、只管创作，多年来无人深知他的艺术和他的民族身份。

无私奉献了夙愿

几次采访之后，我有不少感慨，一是老人的经历和故事以及他的才华如此丰富，他竟然跨越了清末、民国、新中国，不仅尝到了人生的苦辣酸甜，荣辱浮沉，更是早早受到了徐悲鸿这样的大师的赞赏，而他却不以此为幌，仍然默默地从事速写、剪纸这些“非主流”艺术。不事张扬、低调踏实向来是蒙古民族的特性，即使离开草原多少年，基因的力量仍在。另一方面，我从事民族新闻工作，对这样一位近在咫尺的蒙古族艺术家却未闻未见，感到汗颜。于是总想把陈志农先生的作品和故事尽我所能向大家介绍。我在刊物上报道，又写进书里，但仍然觉得意犹未尽。而时间不等人，陈志农先生在2007年西去，留下多多遗憾。我不得不继续向其三子陈沛箴拜访咨询，希望再做一本完整的陈先生画传，此事萦绕于心也已多年。2015年陈沛箴先生也离去，遗憾又更多了。

陈志农先生这里有大量的作品和资料，如何着手是个问题，老北京的习俗，那些叫卖的词儿，那些画外的时代背景，都是远离当今社会而又是活生生的历史，仅靠书本是无法完整了解的，必须请陈老先生当面说，记录、录音、整理、消化、撰写成文字再让老先生审定，这样细致、大量的工作即使专职人员也不轻松。

幸好陈先生的三子陈沛箴先生也喜好书画，一度还干过书画装裱的营生。他出于对父亲的敬重和对艺术、对老北京民情的理解和对往事的某种眷恋，从 1980 年开始整理他父亲的作品，从那些发黄的纸片中追寻老北京的历史断面，从看似简单实则丰富的作品中对照先人的足迹，也从中窥见了国家和人民生活的变迁。

我无数次地去见两代陈先生，每一幅速写和剪纸的内容包括创作的年代、当时的习俗、画面的精彩之处，我都记了下来，我想尽可能地让这些画面有更多的信息。考虑到陈先生年事已高，单出速写或剪纸或国画或其他，都不能全面反映陈先生的艺术生涯，于是我就把这些内容都收了进来，变成一本人物传记，又因他是蒙古人，便列入《蒙古写意》系列书籍里，也算这套书的人物传记中的第一本。陈沛箴先生极大地支持了我的想法和工作，经过两年断断续续的工作，2003 年我和陈沛箴合编的《蒙古写意 · 人物卷 · 陈志农画说老北京》由民族出版社出版，在陈志农先生 90 大寿时让他见到。

陈志农先生作画时的北京只有 100 多万人口，如今北京有 2000 多万常住和流动人口。我们在赞叹北京巨变的同时也回放一点老北京的画面，这些历史的切片能够带我们穿越时光隧道回望。

我们推崇陈志农先生的作品，也推崇他的品德，更为这样的民族艺术家而骄傲。固然低调是为人之本，但艺术品有其特殊性，就是一定要传播出去才能使其作用最大化。但推销自己、包装自己、自我表扬之类的事情恰恰是陈先生的弱项，这不免让人深感无奈和心痛。当初我看到陈先生旧箱子里的这些原作时，特别希望它们能被列在一个博物馆里长期展出，供人们欣赏、研究。按照老人家的意愿，陈沛箴率全家把老人家的全部作品捐献给首都博物馆，2012 年，首博举行了一个捐赠仪式和“陈志农百年座谈会”，还展出了部分作品。这样的结局符合老人家的心愿，也是这些宝贵的北京图像资料的最佳去处。

感谢陈志农先生为我们留下这么多作品，感谢陈沛箴先生辛勤的整理工作，陈沛箴的女儿陈星（蒙古名：敖德）继续为出版爷爷的大作而努力着。

为丰富信息，附上陈先生 2002 年的自述，对我们了解他乃至近代中国美术史、近代北京史不无裨益。

我的祖先属天山脚下的蒙古鄂鲁特（又称卫拉特，今属新疆）部落。祖父名桂祥，号五云，曾任清朝的库伦（今蒙古首都乌兰巴托）办事大臣，后任科布多参赞大臣，由于祖辈有三位为朝廷安邦战死，祖父又为朝廷命官，得以在京城安置家小。

我的家在北京崇文门内江擦胡同（今北京站西）口内 11

号路北大门内，门前两侧有两个石门墩，门对面有一影壁，早年祖居有四层院落，进了大门门道，正面是一砖影壁，影壁东侧砌死，西边开门，斑驳的门上依稀可见“四季平安”四个字，进了二门是一个东西长 25 米、南北宽 10 余米的院子，北屋三间正房，南房三间半，院内有三棵枣树，靠东南的那棵树径有近一米粗，盛夏时满院的树荫，稀疏地点缀着圆圆的光斑，当露水随着太阳的升起消失的时候，蜜蜂就开始忙着采蜜，院中偏西南木影壁四周种满了各种花草，还有四盆石榴和一大鱼缸，这是前院。北房东边有夹道通向后院，有腰房三间，再往后院有一排带廊子的北房和东西耳房，后院西边有门通过 10 号西侧小胡同到正街。我少年时后院的马房就已住上了人家，房客都是周围的穷人，有拉排子车的，有一家四口儿爷仨都是邮差，还有一个房客是一位天主教贞女 70 多岁，每天念经。本来房钱就很低，也常有拖欠。1937 年日本人占领北平后家境更趋艰难，到 1940 年就把后院卖掉了。这就是我日趋破败的家。只有门前的石墩、破旧的影壁和那棵几百岁的大枣树，还能使人回想起这户人家儿早年的辉煌。

祖母带着我父亲这唯一的儿子与六爷爷共住在祖上购置的旧居内。

我父亲名景文，号少云，他一生好学，受戊戌变法的影响，学习英文、算学等，还会俄、德、法、日等多种语言。除承继了祖上留下的已然破旧的房屋外，全家的生计开始靠祖父在外做官的俸禄。民国以后，生活来源枯竭，只好将后院的马房等租给一些穷人和破败的皇族住，同时父亲教私塾或当小职员来维持，生活十分贫寒。父亲经大舅的关系到日本人办的三井洋行当中文打字员，后因向抵制日货的爱国运动捐款而遭解雇。家父还先后教过私馆，为人子弟补习算术、英语，到教会圣道学院（在沟沿头南边）教古文、书法。住房各屋都有土炕，有一白泥小火炉，推到炕洞内烧热炕。到我的父辈时，由于贫困，已很少使用。到 1958 年老人均已去世后，才将土炕全部拆掉，换了用旧木料打的木板床。

每天一大早儿父亲就起床，先扫院内的几棵枣树掉的树叶及花草的残叶、鸡粪，我在哗哗的扫地声中从睡梦醒来。父亲正好扫完院子，随着下窗板的声音，屋内骤然明亮起来，全家便开始了一天的生活。

我是用手中的笔开始认识人生的。我们家所处的环境地处内城东南角，由于地势的关系，胡同东边有沟沿头、泡子河，再早一直到城根儿全是沼泽地，民国前后，陆续才有贫民搭些破棚居住。西口外范子平胡同是东交民巷洋人嫖妓的地界儿；北边是苏州胡同，裱褙胡同，住的也是一般贫苦市民；南边城根儿附近有汇文中学、穆贞女子中学、亚斯礼堂（基督教），东边约里许，是德国坟地、圣道学院……这里离崇文门很近，而崇外花市、兴隆街等处也是五行八作集中的地方。

我的母亲鲍淑芳娘家是在灯市口椿树胡同内，大舅是三井洋行的庶务，大舅妈好吃懒做，大舅过世后经常向我父亲借钱，如没有，她便拿我家的衣物到当铺换钱，我父亲只好再去赎。

父亲有我和弟弟两个儿子，当中有个妹妹因猩红热死了。我是在正房西屋出生的，经过几年的儿时，到第二十四小学（西观音寺）读的初小，第五高等学校（象鼻子坑）读的高小，为了让弟弟求学，我放弃了上中学的机会。1925 年，经父亲挚友李野霈介绍，我来到御医李秀生大夫家当学徒。到 16 岁便离开了李大夫家。此后的五年中我一直没有什么事做。

我的弟弟陈嘉平原名富润，比我小三岁，他从智成中学毕业后到辅仁大学附属中学读书，并加入中共地下组织。被迫辍学后经天津上海赴香港从事党的文化戏剧工作，开始在抗战剧团，以后他又组建祖国剧团从事革命活动。1949 年春，随解放大军进城回到北平，新中国成立后在文化部工作，早期曾组建苦干剧团和于是之、黄佐临、蓝天野等在舞台上共事。

1933 年我考入了当时设在协和医科大学内的地质部新生代研究室做绘图员。在此期间，除绘制大量古生物化石外，还亲手为北京周口店猿人头骨复制着色，得到中外考古学家的肯定。关于周口店北京人头骨的下落已是一宗公案，我所经历的一些情况在《我与北京人头盖骨》一文中已有详细介绍。

在以后的十年间，我先后在辅仁大学、北京师范大学兼职，当过新华中学美术教员。以后我又转到中法大学汉学研究所任画师，负责编审《汉代石刻画像全集》两部，并摹绘数百幅汉代石刻画。一直到 1954 年我转到中国艺术研究院美术研究所时，已经是中年以后的事了。

值得书上几笔的，也是值得骄傲的是，我在新华中学当美术教员的那段经历。

在20世纪40年代初期我的职业没有保证，而家庭的担子完全落在我一个人身上，为了生活，由裴文中先生介绍我到这所中学兼任美术和劳作教员，新华中学在宣武门内路西绒线胡同斜对面，是一所私立学校，我在教学中由于针对学生特点，启发思路，教材灵活，石工、编织各种实用美观的小制作，材料简单易得花钱不多，效果不错。还将学生的作品"留成绩"展览。我的学生中有不少上了北平艺专等学校深造，走上了文化艺术事业，成为有成就的戏剧家、美术家、演员、教育工作者。

在成长的岁月里，为了生计我干过多种工作，但我始终没有放弃自己热爱的艺术，坚持在剪纸和绘画上做不懈的探索并取得了一定的成绩。回想起来，这和我所受到的家庭、社会环境的影响和师长的引导是分不开的。这个过程在《十字街头写苍生》里有详细叙述。

我的启蒙老师李野霈先生带我去观看故宫藏画时，我还是个十四五岁的少年。在展厅"钟粹宫"内，给我印象最深的第一张古画是一幅范宽的山水画，气势恢宏，如临其境。在他的不断教诲下，经过努力，我在艺术鉴赏力和画技等方面大有提高。

17岁时，经马伯逸（马晋）介绍我加入了由陈师曾、金北楼发起创建的中国画学研究会。画会在中山公园董事会“来今雨轩”活动。在这里我受到秦仲文、吴镜汀先生等前靠的指教，并经常观摩众多画家的作品和他们带来展示的藏品，使我的中国画学习开始了一个新的里程。不久被聘为画会助教，在此期间除参加每年的画展外，还和线贺汀举办过联展，在中山公园水榭举办过个人“沙龙画展”。20 世纪 50 年代画会改名“新国画研究会”，这时我任画会常务理事（还有启功即启元白先生），负责会员生活福利并任写生班组长（蒋兆和先生任人物班组长）。新中国成立初期，靠卖画为生的画家没有其他生活来源，日子很不好过，画家李苦禅先生上书毛主席，引起政府关注，即组织会员画教学挂图、卫生挂图、书签等。以后不少没有职业的画家被安置到刚成立的中国画院，生活有了保证。画会还组织到京西写生，如门头沟河北村、丰沙线沿线燕翅等地。这个时期我的山水画《老山沟新面貌》在《人民中国》上发表。这时画会已改到北海公园的画舫斋活动。至今我保存的画会活动资料已成为新中国成立初期美术活动的见证。

我先后应约参加了工笔重彩画会、中山书画社、东方书画会等及包括外埠的一些书画会、剪纸协会等群众文化团体，并在各地为各界作画。如国家医药总局、太原市迎泽宾馆、包头钢铁公司、晋阳煤矿、抚顺大连各界、北京的东方石化、公安、水利等部门。

我是廿岁时结的婚，女方姓张叫张淑彦，是李野霈先生做的媒人，和李家也沾亲，结婚时既按时兴坐汽车，又按蒙汉习俗骑马、坐轿、过火盆、射箭。结婚那天画会的秦仲文、黄均、刘凌沧、马信生也来祝贺。而这一年我有了一份正式工作，任实业部地质调查所新生代研究室绘图员。

民国初年，北海、中央公园还没开放，城里的游乐场所很少，东便门外从蟠桃宫到沿河的景致，特别到二闸，当时是京都八景之一，一片水乡风光，光顾的游人很多，每次我去岳父家，便成为一次美好的郊游。从东便门外上船，往东行三里许二闸下船上岸便是岳父家，船夫手持竹槁斜插到河底脚蹬船板，船缓缓从芦苇间的水面划过，沿河有菱角坑，岸边垂柳，还有同仁堂的乐家花园，大片的花丛映入眼帘，间或有卖茶的席棚、所售莲籽粥、鲜藕，极为清香爽口，有一处卖苏造肉的，风味独具，前边席棚传来唱莲花落等小曲的，这是俗称“抓髻赵”的正在为游客卖唱，到了冬天我与内兄少岩多从结冰的河面上划着去我岳父家。

我的子女陆续出生了。我和妻子育有 8 个子女，他们都很平常地生活，在各自的位置尽职尽责，有音乐家、教授、演员、工人，可惜我的妻子 61 岁时就过世了。好在几个儿女轮流照顾我的生活，使我能安度到今天。

我的剪纸创作伴随着我的整个人生，至今我保留着百余幅，1956 年参加南口绿化，为数十位参加绿化的同志的剪影，1958 年又参加十三陵水库劳动，为数十位劳动模范的剪影，其中不少发表在《工地快报》和当时的《北京晚报》上，至今我还保存着这些影像。其中有百货大楼营业员、工人、教员、新华书店的店员、琉璃厂古玩书画店的学徒等，四十多年过去了，我们当初栽的树不知是成林还是被砍伐了？那些朋友，你们可好？

十三陵水库竣工前，指挥部委托几位画家为庆祝水库竣工画了一幅名为《众志成城》的山水画，是以我的稿本和黄均、陆鸿年等四人共同完成的，刊登在《十三陵水库竣工纪念册》上。

以往民间剪纸艺术都是群众自发的活动。新中国的成立，给民间美术的发展开辟了广阔天地。我的剪纸作品《欢庆解放》在第一届人民美展中展出。而一代艺术大师徐悲鸿先生对我的剪纸艺术专门撰文赞誉认为“这是世界上任何地区少有的”。

各地民间剪纸的群众组织也相继发展起来。1980 年中国民间剪纸研究会成立，我被聘为顾问，并先后参加了在山东潍坊、山西吕梁举办的全国剪纸年会。1986 年赴贵州参加全国民间美术研讨会。几十年来发表了有关剪纸的论文，和各地剪纸工作者保持良好的关系。

1984 年夏，我在自己住家举办个人画展，以画会友。北京电视台借此专门拍摄了《老北京风情》向社会介绍我的剪影艺术。

修复几十万年前的古生物、北京人头骨化石，之后参与的中国第一部汉画像全集的工作，使中国几千年的文明与面前的现实沟通，伴随中国美术研究所的成长。我又通过图书绘画认识了更多的古人和近代的诸子百家。在街头巷尾的速写、在绿化西山、修十三陵水库、“文化大革命”下放等等的活动中，工人、学生、店员、教师又成为我的最好的老师。有了人生社会这所大学的无数无名教师的无声教诲，才有了今天的我。

我的漫画创作是从组字插画逐步开始的，先后在《立言画刊》《小时报》《晨报画刊》上发表，内容多为鞭挞社会的不公与丑陋。“七七事变”前，我参加了北平漫画界的联展，我的作品《肉的长城》，表达四万万同胞将同仇敌忾与日寇血战的决心；《一毛不拔》《上天言好事，回宫降吉祥》，表现对官员为一己私利不顾国难的担忧。日本投降以后，大小官员，横征暴敛，贪污腐败，物价飞涨，民不聊生，社会腐败至极。从1947年初到1948年秋，我在《北方日报》《时报》等发表了连载漫画《毛三爷外传》《老刘笔记》等五百余幅漫画作品，用漫画的形式记录了当时的社会现状和为生计而奔波、对前途的迷茫的民众对国民党政权的失望！

最值得回忆的，就是1950年5月抗美援朝的义卖活动，为了民族安危，为了世界和平，由全国文艺工作者协会、全国民主妇女联合会、全国美术协会、北京文艺工作者联合会及何香凝、徐悲鸿等知名人士发起的抗美援朝书画义卖会，是在中山公园举办的。我以山水画和剪纸作品参加了这次活动。记得是梅兰芳先生收藏了我的剪纸作品《跑旱船》。刘少奇、周恩来等国家领导人和书画界一同参加了这次义卖并展出了他们的个人捐赠。

1989 年新年，中国美术馆正在举办轰动全国的人体艺术大展。人们簇拥在一张张裸体画前，如饥似渴。而在侧厅，我的《陈志农剪影艺术展览》也吸引了对民族文化情有独钟的观众。他们称赞我用剪影这种艺术形式表现老北京的风情，称赞说“如画界老舍”。我觉得，剪刀无法像文字那样可以多层次地细致刻画人物，我是用剪刀表现了人物最具特征的外部轮廓并抓取人物动态的瞬间，其特点是“简”，和北平底层市民的日子一样简单明了。说起老舍先生的《四世同堂》出版前，我曾应老舍先生之约，为其剪纸用作该书插图，我与老舍夫人胡絜青先生更是同为画会理事共处多年。

关于我在汉学研究所编辑中国第一部汉画像全集及续编的经历，在《我与汉画像》里已有叙述，我所摹绘的近千幅汉画像，能最直观地借鉴汉代文化。

1990 年 8 月，我的个人画展正在布置展品，恰巧王光英先生到展馆走访。见到我早年画的北平街头卖水的、卖黄土的速写，很是感慨。因为他是在北平读的大学，对旧京风情印象很深，他在画展开幕式上做了热情洋溢的讲话，赞誉我的作品是国宝！

超鲁

生活艰辛不掩艺术才华

品行高尚作品存世永恒

民族画报社　NATIONALITY　PICTORIAL

地址：中国 北京市东城区和平里北街14号　电话（传真）：(010) 84258738

邮政编码：100013　Email：mzhb@mzhb.com　http://www.mzhb.com.cn

年轻时见过赵星先生的作品，最著名的是为内蒙古自治区政协设计的旗帜，套马杆和弓箭分别代表了农牧，反映了内蒙古的实际情况。还有那幅《折箭训子图》。后来我觉"训"字不如"教"，试自行改为《折箭教子图》。他现已去世，我只好慢慢把它完成，同时访他的女儿、雕塑家佐娜，还有在内蒙古艺术学院工作的乌兰娜。从去年开始我策划，今年四月出版，历时15年。

上世纪五十年代是个神奇的时期，人们的精神状态都很好，出现了一大批杰出人物，一大批经典作品，应该研究。

画家超鲁

知道超鲁先生是小时候看过他的年画；在媒体工作后从早年的《内蒙古日报》上看到了他的漫画；在自己写书时采用过他的绘画作品；写蒙古族人物关注蒙古族艺术史时必定关注超鲁先生。

可惜我无缘采访——1978 年他因车祸辞世。幸好有人写过他，他的子女们还在，我采访了他女儿雕塑家佐娜和艺术史研究者乌兰娜，整合了手头的资料加采访、核实并收集他的美术作品后拟就此文。

1986 年中国美术家协会内蒙古分会资料汇编《美协分会三十年回顾》中全继昌、沙音写的《优秀的蒙古族画家超鲁》记载：

超鲁同志的名字，在美术界、新闻战线和我区广大群众中是十分熟悉的。超鲁以他具有浓厚民族特点和地区特色的美术作品，以他多方面的爱好，广博的学识，还以他诚恳平易、朴实谦逊的为人，给人民留下了深刻的印象。超鲁不幸逝去已经八年了，每向文艺界他的老同事问起，无不说：按照超鲁的体格和精力，完全能够为两个文明（物质、精神文明）的建设做更多的事情，也可以创作出更多的好作品。确实，他去世得太早了，每当我们节日欢聚、祝贺所取得的新成绩或工作遇到疑难时，都不禁想起我们的超鲁同志……

超鲁是内蒙古自治区新闻战线和文化艺术战线的老前辈，优秀的蒙古族画家，他毕生勤奋学习、工作，为继承和发展优秀的民族民间传统绘画艺术，为开创和繁荣自治区的新美术事业以及培养艺术人才都做出过重要的贡献。对美术界的老同志是挚朋知心，对中青年是良师益友，因而理应受到人们的尊敬和怀念。这里谨就超鲁的生平和艺术创作做一简要介绍，需要说明的是，由于材料的不充分和笔者水平的限制，要对超鲁这样一位著名艺术家的一生作全面的评介，不是本文所能胜任的。

超鲁生平。

超鲁 1911 年出生在吉林省镇赉县一个贫苦农民家里，他的青少年时期，饱尝了旧社会的苦难和辛酸，他的艺术生涯，也历经了挫折和坎坷。在半封建半殖民地的旧中国，超鲁的家世，充满了劳动人民惨遭压迫和欺凌的斑斑血泪。

19 世纪下半叶，帝国主义列强入侵和清朝政府的腐败统治，愈益加剧对中国人民的压迫和剥削。在蒙古草原上更是虎狼当道，暗无天日。王公贵族不仅向贫苦农牧民索取大量租银、牲畜和畜产品，而且任意抢男霸女、草菅人命。这样，超鲁家乡一带终于爆发一旗六县的农牧民暴动。他们在“房连土地不让人，老婆孩子不让人！”的口号下组织起来攻进王府，打跑了王爷。清政府派出大批军队实行血腥镇压，超鲁的二曾祖父被清兵用铡刀铡死，被追杀的人们纷纷落入洮儿河溺死，超鲁的祖父被山东籍渔民李长龙的渔船救起，其子李春庭挺身替父受刑，十指钉满竹签，用香火烧成残废打入陆军监狱。超鲁的祖父发动蒙古族乡亲，男子出粮、妇女卖手镯耳环，凑足数百两银子从齐齐哈尔救出李春庭。李长龙感激之下，将女儿李海棠许配给超鲁的父亲。这样，一个蒙汉受苦人血肉相连的新家庭组成了。

超鲁一家 5 口人，全靠父亲为地主扛长活度日。可是这样艰难的生活也没能维持多久。1914 年春天，地主吩咐把旧仓房拆掉重盖，不幸房梁倒塌将超鲁父亲活活砸死，超鲁父亲年仅 29 岁。剩下超鲁母亲、两个姐姐（时年各 7 岁、4 岁）和不满两岁的超鲁，生计更加困苦。1918 年，超鲁的祖母、母亲染伤寒病又相继去世，超鲁的堂兄保全携妻抱子来照料这 3 个孤儿，一家 6 口的生活重担又落在堂兄一人身上。

从 1919 年起，6 岁的超鲁就去为人家放猪。两年后的一天，堂兄保全眼含泪花对超鲁说："财主们骂咱几辈子没念过书，是睁眼瞎、活牲口。哥讨饭也要送你去读书。"在本屯小学，穷孩子们常无故遭到责打，先生要以此来"警告"那些有钱人家子弟。最使超鲁伤心的是，一次有个同学父亲得了重病，请喇嘛念经，还特意杀猪让全校师生去吃肉"免灾"。出发时先生一打量超鲁的全身打扮：肘部以下没衣袖，膝盖往下无裤腿，捡来的两只大鞋用麻绳绑在脚上，其中一只还是绣花的。于是一把拉出队列喝道："你比乞丐还难看，别给学校丢脸。"这件事直到多少年后，超鲁一说起还甚为凄然。

虽家境贫寒，但超鲁从小聪慧好学，尤其酷爱绘画。早在给人家放猪时，有位老长工常给他讲"画中人"之类的故事，还为他弄来一张《三秋图》，据说画上的蝈蝈儿会变换位置，人们按它的动向，就能推测出来下雨啦晴天啦等等。听了这些神奇的传说，超鲁幼小的心灵中萌发了一个念头：若是自己将来能当个画家该多好啊！于是一有空就用指甲在沙地、墙壁上画起来。上学后，缺少纸张颜料，课余为家境好些的同学画画，得到一两片小纸即如获珍宝，捡来别人绣花扔掉的彩线头，就是他绝好的绘画颜料。乡邻们发现了都夸奖："这小猪倌画得真好，以后准错不了。"

1924年，超鲁勉强上完三年小学，由于堂兄保全和受过重刑的舅父李春庭都无力继续供他上学，11岁的超鲁不得不又给一家去当小长工"半拉子"。

1952年，东北军一个师长的副官李某到超鲁屯里，看到烧锅（制酒作坊）客房墙上挂着条屏画《渔樵耕读图》，落款："超鲁拙笔，年13岁。"深为惊奇，叫人将超鲁叫来，问愿不愿意随他去洮南县城师长家当差？到那里将来"大有前途"。一个衣食无着的乡下孩子，想进城看看，再说生活或许有了着落，就跟着李某进了师长公馆。先是拜两个伙夫为师，烧火洗碗、摆桌、端菜，还要服侍小少爷。有一次天气闷热，少爷骑在三轮小车上要超鲁推着跑，实在跑不动了，少爷又哭又闹，惊动了太太，把超鲁叫到上房训骂道，"看你还怕热不怕！"顺手把炭火熨斗放在超鲁头上，立刻满头顶起水泡，烫得奇痛难忍，熨斗掉地摔得粉碎，炭火迸溅一地，自然接着就是一顿毒打。这次熨斗烫成的伤疤一直留在超鲁的头上。

不久，超鲁随师长家眷去白城子途中骑马摔伤，当即被解雇回家。

1931 年，超鲁跟一位画匠喇嘛做徒学画和雕刻佛像。他刻苦钻研，受到古典寺庙艺术和民间画法的熏陶，技艺迅速提高，为他以后进行富有浓厚民族民间风格的创作打下了基础。可是一次他随师傅给一个财主画壁画，有人给超鲁提亲，正巧姑娘是财主儿子早看中的，因之派庄丁通知超鲁：限三天离开屯子！画匠喇嘛虽器重超鲁，又无可奈何，将一头小驴作为酬金把超鲁辞退了。从此以后，家乡说起骑毛驴的小画匠，倒是尽人皆知了。

1935 年，超鲁在朋友帮助下到了长春，充当一名搞蒙古文教科书插图的临时雇员。同年结婚，1937 年生长子安群。当时，东北已经沦为日本帝国主义的殖民地，人民生活苦不堪言。超鲁靠着微薄的工薪，勉强维持一家糊口。这时一个个不幸的消息接踵而来。先是接到出嫁十几年杳无音讯的大姐来信。早在 1921 年，旧军队的一个马弁于某硬把超鲁的大姐拉走成婚，共生了 8 个孩子，除一个病死，有 6 个被于某卖掉抽了鸦片烟。之后又提出一家 3 口去探望超鲁，不料一到白城车站，于某又偷偷出去将小儿子卖了 100 元，把妻子也以 300 元卖到妓院后溜之大吉。超鲁的大姐来信中称：我不得已认一家鞋铺掌柜为义父，哭求他保我半个月，望你念同胞之情速带 300 元来赎我！超鲁拉出抽屉，除了一张张当票一无所有，只好写信给姐姐，让她找一个农民，只要愿出 300 元……接着又收到堂兄来信说，财主仗势欺人，抢走超鲁嫂子和两个小孩抵债，两个孩子一个被抓劳工，一个被抓“国兵”，他自己也被打成终身残废！这桩桩事故犹如焦雷击顶，急得超鲁双目失明，住医院动了两次手术，眼睛虽然保住，却又负了数百元债务。

1941 年，超鲁到开鲁县任一国高美术教员，次年又为一家报纸当美术编辑。尽管他东奔西走、辛勤劳作，生活依然穷困潦倒。到 1943 年 7 月，超鲁的妻子、小儿和女儿又一并染伤寒病死去，他本身还不时遭到伪官庙警察的监视和欺凌。

日本投降对中国人民尤其是东北人民是多么难忘的日子！在中国共产党领导下，中国人民艰苦的 14 年抗战取得了胜利，日本宣布无条件投降，饱受日寇长达十几年蹂躏的东北人民获得了解放。从此，超鲁也结束了他半生颠沛、苦难重重的生活。

日寇撤退时放火焚烧房屋民舍，王爷庙到处是烟火腾腾，超鲁等青年首先参加灭火救灾。民主兴安总省政府成立，超鲁担任了宣传处文艺股股长，之后又任《新生报》社社长和新生电影院经理。在战争废墟上，他四方奔走开展筹建报社和影院的工作。

通过学习中共中央东北局的施政纲领以及和东北民主联军的接触，超鲁逐步加深了对革命的认识，爆发出炽烈的革命热情。1946 年，超鲁以印刷局长兼“东蒙新报”负责人身份忘我地工作，以至于在建筑印刷厂的紧张施工中，女儿患脑膜炎死去，家和工地仅隔一条马路，竟未能顾得上回去照看。

这个时期，我党派大批干部和部队进入东北，领导东北人民消灭日伪残余，建立各级地方民主政府。而国民党反动派也向东北大举运兵，地方上的土匪、地主武装又很猖獗。当时，超鲁担任了内蒙古自治运动联合会扎赉特、镇赉、泰赉三县总支会主任委员，内战全面爆发，超鲁又任辽吉军区驻赉北蒙民独立大队大队长，一方面配合主力部队迎击国民党反动地方武装，一面开展群众组织宣传，他编导活报话剧，揭露汉奸恶霸的罪行，超鲁的爱人、女儿都参加过演出活动。

1947 年“五一大会”宣告内蒙古自治政府成立，超鲁作为代表参加了这次历史性会议。会后调任内蒙古文化教育部编译处美术主编兼政府资料室主任，后又担任内蒙古军区战斗画报社社长。

1949 年新中国成立，超鲁调内蒙古日报社工作。当时报社工作条件还很差，工作量大，超鲁常常承担几个人的工作。对这个阶段的工作情况，他写道：汉文报 8 块版的插图、报头、漫画、图解和地图等，兼管铜锌版刊头栏题发稿，收回编号保管，新添社内外图片和通联，每天还有五幅连环画……我的思想是应该到最困难的地方。美编人员逐步得到充实，他又任蒙编部总编室副主任。从此，超鲁在内蒙古日报社勤奋工作了 29 个春秋直到逝世。

广博的学识和多方面的才能。

超鲁在旧社会历尽艰辛，参加革命后始终担负着繁重的日常工作，参加各种社会活动，他的时间不充裕，但能以顽强的毅力学习和创作，在文化艺术领域他有广泛的爱好，博闻强记，每日每时地积累知识，增强文化修养，是他成为一个著名画家的关键。

首先，他向中国传统的书法遗产学习，学习前代的名迹，精研各体书法，尤其擅长篆书和隶书。现存的书法作品如篆书：录毛泽东主席诗词《黄洋界》《红军不怕远征难》等一批隶书作品，字体清劲秀美，具有很深的功力。蒙古文书法方面，他也将传统的蒙古“乌吉格”（即以竹板笔蘸墨书写）写法继承和改进，使字体更加隽秀，齐整和规则。今天的蒙古文版《内蒙古日报》报头、呼和浩特公园烈士塔的蒙古文题字均是超鲁的手笔。20 世纪 60 年代，内蒙古人民出版社还专门印刷他书写的蒙古文春联与年画一起发行。

书画结合，相得益彰，是我国文人画的一大特色。超鲁正是在传统艺术的熏陶下，又在民族文化的土壤中扎根，使自己不仅在绘画且在书法上也取得很高的造诣，尤其精通蒙汉文书法，这又是非常难能可贵的。

其次，超鲁非常热爱祖国和本民族的文化艺术遗产。他博览群书，通晓古今，爱好历史和文学。他的家里，引人注目的是书架书橱甚多，各类图书琳琅满目，从他收藏的书法绘画作品和古代铜器、瓷器，不仅可了解到他有着渊博的学识和很高的鉴赏能力，也可看出他在文艺界有着广泛的交流。他喜欢唐、宋人画册，几轴元代画家倪云林的山水画更是他十分喜爱的珍藏，画上清代翁同龢的诗句："树石荒凉曲径斜，数间茅屋隐藤花，这山一角明秋水，知是云林处士家。"还有现当代著名艺术家齐白石、吴作人、刘开渠的赠答之作。正当超鲁在艺术上大有作为的时候，"文化大革命"无情地中断了他的艺术创作，政治上艺术上都遭到残酷打击和粗暴的攻讦，一时间，"叛国集团的黑画家""黑线人物""老牌民族分裂主义分子"等等莫须有的罪名铺天盖地而来。他承受着如此沉重的政治压力，但首先想到的是一批艺术瑰宝不致被愚昧的旋流所卷走，他想尽一切办法，面袋都成了他藏作品的好地方，一批未遭损失的作品、藏画就是这样侥幸保存下来的。有一次，超鲁在市面上发现有人叫卖古董，其中一把佩刀是珍贵的清代文物，当即自己收购下来又献给了国家文物部门。就是这样，即使在险恶的逆境中，超鲁也甘冒风险去保护文物和艺术品，因为他深深地了解它们的价值所在。

超鲁还下过很大的工夫搜集整理民族民间艺术资料。从一个艺术家角度，他对历史上蒙古民族的风俗习惯、服装道具作过严格的考究，这种功力从他绘制的《元世祖忽必烈像》，他的代表作《训子图》中都能充分反映出来。为了广泛搜集创作素材和民间图案，他走遍了内蒙古的农村牧区。20 世纪 60 年代初，超鲁和画家乌恩、耶拉还专门前往民间图案极为丰富的赤峰一带进行搜集。现存他的好多图案写生资料上有"于翁牛特旗""于旗杆庙"等字样，均是这次东部之行的收获。

画家耶拉回忆这段生活说："我们三人不仅在素材、资料方面满载而归，而且相互间也结下了深厚的友谊。超鲁年龄比我大，但在工作之余、旅途上我们可以尽情欢笑、充满了乐观情绪。超鲁画画喜欢手夹着香烟，我有一次递给他一支粉笔，他接过来夹在手上，直到一张画完成划着火柴，才发现被捉弄了……”现在，那次同行的两位都先后离开了人世，可当时的情景还好像是昨天一样历历在目，说着不禁潸然泪下。耶拉个人书画展有一幅作品就是专门记录三人赶车下乡的旅途情景，寄托了他对超鲁、乌恩两位故友的怀念。

再次，超鲁对祖国的医学有着很深的研究。

早在少年时期，他看到乡亲们每每贫病交加，其中有不少他的亲人都被病魔夺去年轻的生命，于是他又产生了学医为乡亲们治病的念头。从 1927 年他 14 岁时就一边给人家放牛，一边研读中医书籍。常常一注意看书，牛就跑进了庄稼地，秋后算账，挣的粮多半赔给了人家。他多年来想学医为人们解除痛苦的愿望终于在新中国成立后得到实现。组织上专门派他参加有关培训班，工作之余，超鲁就为报社内外的干部家属针灸治疗，他还亲手绘制了扁鹊、华佗等二十余位中国古代医学家的肖像。有一次去他家拜访，见书架上医学书很多，感到惊讶，超鲁说：“对这方面我也是爱好的。”当时哪里知道还有这许多来历。

还有，超鲁又是一位精力充沛的社会活动家。

参加革命之初，为了宣传，他编过戏上过台。以他的艺术成就和影响，担任了中国美术家协会内蒙古分会副主席、内蒙古文联委员，还当选内蒙古自治区第一、二、三届人民代表大会代表和自治区第一、四届政协委员。

超鲁对新社会，对共产党和毛主席有着深厚的爱。他大量的书画作品中都洋溢着这种真挚的情感。1951 年，通过《内蒙古日报》找到他失散 17 年的二姐。更使他难忘的是，在多方协助下，又找到他已过了多年“白毛女”生活的大姐。旧社会骨肉离散，新中国合家团圆，这怎么能不使他心潮澎湃、思绪万千？他忘我地工作，勤奋地创作，凡是出版了新作，他都首先寄给党中央毛主席，中央有关部门也很快给予答复和鼓励。对此，超鲁写道：“7 岁时想画年画，15 岁时想行医治病的夙愿，如今都成了现实。一个伟大党领导下的革命干部，爱祖国、为人民贡献个人的一切是我们的天职。”在抗美援朝捐献飞机大炮活动中，他将最心爱的一副马蹬作了捐献。在参加历次人民代表大会、政协会议中，他总是为着内蒙古文化艺术、新闻事业的兴旺发达，为自治区经济文化的繁荣、真诚率直地提出建议和积极务实的提案。

超鲁对青少年美术爱好者极为关怀。由于他待人平易热情，好多人喜欢求教于他，他都要耐心地辅导，讲明优劣，并给予支持和鼓励。他还担任小学少先队的校外辅导员，培养更为年轻一代的美术人才。在下乡体验生活中，超鲁又结识了很多基层干部和农牧民朋友，而且每到一地，都要尽量一一前去看望，对当地的美术同行也是如此，从没有名画家的架子。因而尽管他逝去了，但音容犹在，他的形象深印在人们的脑海中。

超鲁的美术创作成就。

超鲁的一生，是为社会创造大量艺术财富的一生。人们经常接触的东西，比如商标、证券等等，很少知道它的作者曾付出了怎样的劳动，几十年当中，这种日常的、普及性的美术工作，对超鲁来说是日复一日，极为平常的。比如日本刚投降，为保障人民正常的经济生活，他兼任银行技术员，突击设计了流通券票面。以后，1948 年的内蒙古自治区临时纸币、1955 年自治区的通用粮票等图版绘制均出自超鲁之手。

报社工作期间，为着配合当时的中心工作或宣传重点，把新闻人物和典型事件形象地宣传出去，经常需要发表时间性强、出手快的宣传画、连环画等作品。作为美编，超鲁总是愉快地接受这一类任务性的创作，而且首先被人物、事件所感动，然后就是一场夜以继日的奋战，直到作品一气呵成下稿刊发为止。这样的创作，难以收到大幅主题画精雕细刻的艺术效果和成名的荣誉，却体现着画家具备的社会责任感。像 15 幅的连环画《草原英雄小姐妹》就是他这类作品的代表。

超鲁的年画创作，伴随着新中国诞生就开始了。

亲眼看到各族人民当家做主，用自己的双手建设社会主义，建设崭新的生活，这就激发了画家表现新生活，歌唱新社会的巨大创作热情。1949年，他创作了年画《四季生产图》，发表于《人民美术》杂志创刊号上，从此拉开了超鲁一系列年画创作的帷幕。1957年，内蒙古人民出版社出版了他的年画《人旺畜也旺》，两年后又以同类题材画了《人畜两旺》。这幅画根据画家极为熟悉的家乡生活，画着一家牧民的定居房屋，门上悬挂了弓箭，按老乡习俗，示意这家新出生了男孩。外面牧人闻讯赶回，院内羊产双羔，背景是美丽的草原风光，画面构成了一首生活情趣浓郁的田园诗，表达了作者对党的牧区政策、对欣欣向荣新生活的讴歌。

1962年创作年画《五谷丰登六畜兴旺》。在这幅画中，可看到画家对农村牧区都很熟悉了解的生活底蕴，也充分发扬了他民族民间画法的特长，融化吸收了旧年画（行画）乃至寺庙壁画的特点并给以改造，画面表现新的生活内容，色彩富丽，是装饰性强的年画。《五谷丰登六畜兴旺》和另一幅作品《样样有余》，创作的年代正值我国50年代末60年代初的困难时期。通过作品主题和情调，可以看出画家当时与全国人民一样，坚信自然灾害和目前困难是暂时的，对社会主义、对党领导人民战胜困难的坚韧毅力都充满了信心。

年画《样样有余》出版于1961年。作品明显地接受了传统的杨柳青等年画的构思、造型特点的影响。年画是我国劳动人民历来喜闻乐见的艺术样式，它内容喜庆吉祥，构图饱满均称，色彩鲜明装饰性强，表达了人民群众对幸福美满生活的向往。胖娃娃、金鱼和莲花等构成的画面，标题《莲（连）年有鱼（余）》，是这类年画中很典型的。超鲁特此借鉴过来，结合内蒙古畜牧业为主的特点，创作了《样（羊）样有余（鱼）》。画面上男女两个胖娃娃，左面的男孩骑乘一条肥美的大鱼，肩扛着丰收的谷物，右面女孩乘坐全套鞍具的肥羊，手拿果树枝，枝上挂着猎物，下角为硕大的果实和觅食的雏鸡，从人物、服装道具都更体现了内蒙古农、林、牧业兼有，蒙汉等各族和睦团结的特点。

创作上，超鲁是十分严格的。他始终把人民生活看做是创作的唯一源泉，没有生活根本谈不上创作。超鲁不赞成那些不熟悉生活或者不认真观察生活就下手创作的现象，以致画出的画与生活实际大相径庭。对此他写道："我是一个美术工作者，所以关心发表的作品，发现好多画农业的画和农业生产不符合，拉粪大铁车套一匹马还是横垄拉，套两匹马的车，辕马以外的一匹竟套在里手。"正因如此，超鲁在自己作品中非常注意生活情节、景物用具的真实性，若明若暗的东西直到弄清楚再画出来，这也是他的作品所以在群众中感到亲切的重要原因之一。

年画《训子图》是超鲁 1961 年出版的一幅力作，在区内外有着重要的影响。《训子图》取材于《蒙古秘史》的一段记载。蒙古部的始祖孛儿帖赤那与豁埃马兰勒西渡腾汲思海定居斡难河流域后，十二代传至孛端察尔，《训子图》就是讲的孛端察尔兄弟五人和他们的母亲阿阑豁阿夫人的故事。为了使 5

个儿子免除相互猜疑，不让他们发生令人痛心的内部龃龉争锋，在一个春日，阿阑豁阿煮熟了肉，将 5 个儿子叫到身边，先发给每人一支箭让折一下，当然不费力就折断了，然后拿来 5 支束在一起的箭，让他们轮着折，结果就大不一样了。于是阿阑豁阿夫人教训道：你们 5 个儿子都是我一个肚子里生的，如同刚才 5 支箭杆一般。各自一支啊，任谁容易折断。你兄弟一旦同心啊，便如这 5 支箭杆束在一处，他人如何容易折得断？不久，阿阑豁阿就与世长辞了。到了成吉思汗铁木真少年时，四兄弟又常为些小事争执不休，他们的母亲诃额伦夫人以祖先的事例予以教诲。就这样，阿母训子的佳话一代代地传颂下来，成为教育人民同心协力、团结力量大的生动教材。

《训子图》画面上阿阑豁阿夫人端坐榻上，5 个儿子分列两边，着蓝袍的儿子正竭尽全力折着那束箭，3 个儿子目光都集中在他的动作上，看看到底结果如何，唯独刚折了半天宣告失败的大儿子，不明所以地望着母亲的神色，而阿阑豁阿夫人则早已成竹在胸，慈祥地微笑着等他们每人都折过了，再发表那番千古流传的家训。这里，画家安排了一个戏剧性的场面，通过对每个人物的不同表情、动作的处理，表现了他们这瞬间的不同情绪和反应。另外，画面中除了最小的儿子外，其余几个都身着甲胄，毡房壁上悬挂着弓矢、佩剑，说明这是个能骑善射的、非凡的戎马世家。室内考究的陈设和一叠书卷，又说明这是一个有文明教养的家族，从而也不难想象，这个家族中未来会出现成吉思汗这样的一代雄主、杰出的政治家和军事家。现在当我们欣赏这幅作品时，也可以了解到画家在场面安排、人物性格刻画上做过多么精心的安排，在人物服装、环境道具处理上又做过多么细致的考究！

《美协分会三十年回顾》，中国美术家协会内蒙古分会资料汇编，1986 年，其中记载：

1949 年后，《内蒙古画报》就承担起创作出版内蒙古地区的年画工作。1952 年以后，内蒙古人民出版社接管了年画的组织创作和出版工作。1962 年，以内蒙古文化局之令，开展抢救、整理、研究民族民间遗产的工作，去了半年。参加者有旺亲、超鲁、万国志、张光璧、乌恩等。

1949 年《内蒙古画报》创作出版了第一批内蒙古年画：《打狼保畜》（尹瘦石作）、《人人敬爱毛主席》（乌力吉图作）、《建政权选好人》（乌勒作）、《四季生产图》（四条幅，超鲁作）。年画是在内蒙古日报社印刷厂印刷的，在制版期间，作者都亲自参加印刷厂制版车间的劳动，协助工人制版。上述年画，每种发行四千多张。

1956 年，宣布成立中国美术家协会内蒙古分会，尹瘦石当选主席，乌恩、超鲁、耐勒图当选副主席。当年，超鲁等 8 人成为首批加入中国美术家协会的会员。1960 年，超鲁再次当选内蒙古分会副主席。

耶拉 1986 年回忆：

……我早在中小学读书时，就耳闻耐勒图（乌兰浩特市成吉思汗庙设计者）、超鲁、萨永明这三位不同民族的画家了，并深为敬仰。

《克兴额——一个科尔沁蒙古人》（克莫日根著，内蒙古教育出版社，2001年版）记载：

1934年10月，兴安总署改为蒙政部，在蒙政部民政司下设文教科及蒙文教科书编审委员会。这个委员会以编纂小学蒙文教科书为己任，理所当然地想到了原来编印蒙文教科书的人员，首先是克兴额。……在这个委员会任职的同事，有我大姐夫科尔沁左翼后旗人吉儒木图，他毕业于奉天蒙旗师范学校；有东土默特旗人哈旺加卜，科尔沁左翼后旗人宝音仓（达生阿），还有一位美术工作者，黑龙江省泰来县（原文如此，应为吉林省镇赉县）人超鲁（张凤翔），他专门为各种教科书画插图。

以现代市场的运作方式看，超鲁先生的画作很难卖出大价钱来，但是在美术史上却可以留下篇章——我曾经到内蒙古日报社寻找，发现了很多他的黑白漫画作品。漫画也是我的收藏爱好之一，我曾经收藏了上万幅幽默画并编了一套书出版。但说到超鲁先生的主要创作，当属他的年画系列了——我在“文化大革命”期间和“文化大革命”结束初期，也是年画的爱好者之一，回想到在自家土墙上贴一幅年画时的喜悦，至今难忘。

他的7个子女的工作大都与文化艺术有关，有摄影记者、艺术史研究者、美术理论者、艺术团体领导者等，这里简要说说他女儿佐娜——画家、雕塑家。

女儿佐娜1954年出生于呼和浩特，自幼随父亲超鲁习画，后随刘开渠习雕塑。15岁开始从事舞台美术兼芭蕾舞演员。1982年毕业于内蒙古师范大学美术系，1985—1988年进修于中央美术学院油画系、雕塑系、全国城雕研究班等。1999年获一级美术师职称（正高级）。其作品以北方少数民族风情以及重大历史题材见长，在城市大型雕塑方面卓有建树。

1988年在北京举办《佐娜雕塑绘画展》，展出作品二百多件，是第一位在新中国成立后举办个展的女雕塑家。同年，中国文联出版发行了佐娜诗选《雪的女儿》与《佐娜雕塑绘画作品选》。其诗作入选席慕蓉选编、台湾出版的《蒙古现代诗选》，是唯一入选的女诗人。

雕塑作品有大型广场和城市雕塑二十余座，园林雕塑五十余件、大型浮雕壁画三十余件。代表作《双羊》《未来》《骑射》《赛马》《鄂尔多斯新娘》《祈》《祖先和我》《黄河明珠》《书籍——人类进步的阶梯》等雕塑、壁画被美国、日本、瑞士、冰岛等国和中国美术馆、民族文化宫、中国科技馆、北京长安街图书大厦、华北电力大学、乌海市火车站、呼和浩特火车站、白塔国际机场、湖北长阳、神农架、内蒙古呼伦贝尔、二连浩特市、新疆阿克苏、克拉玛依市、北京世界雕塑公园、人民日报社、亚运村、世妇会、奥运会、奥体中心等地收藏、安装。1989 年任全国第七届美展内蒙古雕塑评委。曾任内蒙古自治区政协第七届委员。是中国美术家协会会员、中国雕塑学会会员、卓纳艺术科技有限公司董事长。

佐娜说：

我父亲做过很多美术方面的事情：画过东蒙地区银行发行的钞票、内蒙古自治运动联合会的会旗（套马杆和锄头）、《内蒙古日报》（蒙古文版）的报头字、呼和浩特人民公园烈士纪念碑的碑文等，他 25 岁时的雕塑《奔马》就得过奖呢。还有一些粮票之类的实用美术品等，他没上过美术学校，完全是自学。他那时还收藏着两大本货币图案集，我都看过，可惜“文化大革命”中遗失了。

他给《内蒙古日报》画插图很多，过去摄影图片很少，文字报道里经常用图，时间紧，只好赶着画图，晚上画，第二天就见报了。

我还给我父亲打过下手——“你把那三面红旗的旗尖画一下”……有意培养我呢。我妈妈是医生，叫娜仁（太阳），我父亲是超鲁（石头），哈哈。

超鲁先生 1978 年 7 月 22 日骑自行车在路上被一辆卡车撞上，经抢救无效逝世，终年 65 岁。悼词里记载：

超鲁同志是吉林省镇赉县人，1913 年出生于一个贫苦农民家里。早年饱尝了旧社会的辛酸和苦难。超鲁同志 1945 年参加革命，在党的培养教育下，思想觉悟不断提高，对党忠诚，对革命事业充满热情，积极完成党交给他的各项任务。

1946年超鲁同志被选为内蒙古自治运动联合会扎赉特、镇赉、泰赉三县总支会的主任委员，为实现毛主席、党中央的民族区域自治政策作出了积极的贡献。当时正是独夫民贼蒋介石挑起全面内战的严峻时刻，超鲁同志任辽吉军区驻赉北蒙民独立大队大队长，在党的领导下，配合主力部队打击了国民党的反动地方武装，1947年，内蒙古自治区成立后，超鲁历任内蒙古文化教育部编译处兼政府资料室主任，内蒙古军区《战斗画报》社社长，《内蒙古日报》社蒙文编辑部总编室副主任，中国美术家协会会员、中国美术家协会内蒙古分会副主席，内蒙古文联委员，内蒙古自治区第一、二、三届人民代表大会代表，内蒙古自治区第一、四届政协委员。

……他创造了多种形式的具有浓厚民族特色和地区特色的、深为广大人民群众所喜闻乐见的美术作品，为繁荣内蒙古的文化艺术事业献出了毕生精力，做出了积极的贡献。超鲁同志对于民族绘画遗产和祖国的医学方面都有很深的研究，在他的一生中，收集了大量资料，保存了不少有价值的遗产，这对研究和发展祖国的文化艺术和医学事业都是宝贵的贡献。

著名画家关和璋在1979年7月30日《内蒙古日报》上撰文《悼念忠诚的文艺战士超鲁同志》:

正当文艺春天已经到来的时候，我们的蒙古族文艺战士、画家超鲁同志不幸逝世了。惊闻噩耗，悲痛万分。我和超鲁同志相处多年，回忆起他的为人及画作，是深为钦佩的。

他经常深入基层体验生活，调查研究，还对传统医学精心钻研。每到一处，总要为当地群众治病，超鲁同志为贫下中牧解除病痛的事迹简直是有口皆碑的。

超鲁同志曾参加对我区民族民间图案的搜集整理工作。他长途跋涉，调查研究，摹绘搜集了数以百计行将湮灭的精湛民族民间传统图案花纹和各种美术工艺品、壁画等，为研究继承和发扬民族艺术积累了十分珍贵的资料。可惜，这些资料在“文化大革命”时期遭到了抢劫破坏，想起来非常痛心。

在创作上，超鲁同志以年画为主。他大胆地吸收了蒙古族习见的佛像画表现手法，构图完满而对称，形象集中而略带夸张想象。超鲁同志的画热情歌颂党的民族政策和社会主义革命和建设的伟大成果，具有鲜明的地方特色和民族特点。他还在发现艺术珍品，保护民族遗产方面做出了重要贡献。

他关心群众的事迹甚多，感人至深，他对工作满腔热情，但从不计较个人得失，他的优秀品质多年来广为人们称道。

阿木尔巴图

探究游牧民族的美术源头

内蒙古师范大学会议记录

2005.9.30
内师大

阿拉坦同志：

[illegible]

第 1 页

阿木尔巴图教授收集的民间工艺品

没有采访内蒙古师范大学鲍玉祥（又名阿木尔巴图）教授之前，我一直以为蒙古族的美术遗存就那么几种：岩画、草原石人、寺庙壁画、民间实用美术——蒙古袍或马鞍子上的图案等。这个游牧民族在记录文化方面一直有着某种遗憾，许多自己的历史是别人记录的。蒙古民族自己似乎不太在意记录历史，只顾创造历史，也不太在意物质化的财产，全部家当都随身携带，最多装上勒勒车，细软就在身上当饰物，连住过的地方也恢复原样，不久草满花开，一切复归自然。当然，细研之后会发现，草原上、人群中，到处是游牧文明的痕迹：与大自然和谐相处的价值观，口传文学的丰富性，充满音乐的生活，包容乐观的人生态度，与艰苦生活博弈的智慧，以及震惊世界的东西方大交流等。在这个过程中留下了无数的文化遗存，它们至今闪着光芒，有待进一步解读。

当读了阿木尔巴图的专著《蒙古族美术研究》《蒙古族图案》等专著之后，再听阿教授讲述那远古的文化片断后，我对蒙古民族的古老历史有了新的认识，甚至想到由此理解的话，那已知的人类历史是否要修改某些方面了？

我问阿教授，蒙古民族本来历史文字的记录就少，您在这么艰深的领域里探索，又是在这样一个几乎是冷门的学科里研究，目的是什么？最大的难点是什么？最大的成就和乐趣是什么？

阿教授慢慢地说道：

我最大的困难就是把来龙去脉搞清楚。每个图案我都要往上追，一直上溯到北方原始文化，找到了根据就特别高兴，尤其发现这些图案属于北方游牧民族时就更高兴！

我随便拿出一个图案说这是蒙古族的，是北方游牧民族的时候，就会有许多专家说，你那个图案是汉代的，中原民族的……这时你就要拿出真正的根据来，否则人家一句话就把你给否了。

研究美术，自己首先要懂美术。阿木尔巴图曾在内蒙古赤峰蒙古族中学读书，在校时就喜欢画画，后来内蒙古师范学院（今内蒙古师范大学）艺术系要招生，说是要学五年，有两年的预科，他就考上了。前三年学基础课，后两年学版画。为什么要选版画？他喜欢，喜欢用刀子划刻木板的那种感觉。结果毕业后却搞了行政工作，当了校办秘书，一干就是16年。

“文化大革命”那会儿，各派都在忙着打斗，办公室只剩下他一个人，手里握着学校大印，每天忙着开介绍信，尽力为各派组织“服务”，所以哪一派对他也没意见。平时学校放假时他也不休息，兢兢业业，性情随和。1980年内蒙古师院美术系要招蒙古族学生，正缺少能用蒙古语授课的老师时，阿木尔巴图才有了施展专业才能的机会。而实际上，他对蒙古族美术的关注在此前就已经开始了。

他说道：1978年，还是农业学大寨时期，我就要求到牧区。结果到了锡林郭勒盟的西苏旗（苏尼特右旗），那一年对我来说是非常重要的转折时期。我在那时就有意识地搜集了许多民间美术品。那时公开地说搞业务还不敢，我的正式身份是工作队队长。我把工作交给其他人说你们干吧。我就骑着马到处去找图案看，我给牧民们画箱子，桌子图案，还得搭上颜料，牧民们都和我熟了，也愿意给我一些刺绣品之类的。那时民间的工艺品也多。我主要是临摹下来，然后问他们，这东西是干什么用的，从哪里来的。

在西苏旗生活的一年中，最大的感受是，牧民才是我学习研究民间美术真正的老师。民间美术的名称、制作工艺、内涵和故事等，都是在此期间了解到的。这里还是北方游牧民族本源艺术发展的延续。

当时也有些人很“左”，批判我说你怎么老研究蒙古族的东西啊？我说要用马列主义的观点去看待民族的艺术呀！

那时也有些对外交流，但我们学校没有民族美术的研究成果可供交流介绍。作为一个蒙古族人，我觉得应该把这个专业搞下去，有了一种责任感。后来我到了美术系，有些日本人来，系里的人就介绍说，新中国成立前蒙古族没有自己的美术……我听了很受刺激！

当了老师后，学生经常问，别的民族美术是在远古时期就形成了，蒙古族的美术是什么？

那时我的学识也很少，没有搜集民族美术品的意识，就是看见了也不知它是蒙古人的艺术。包括在“文化大革命”时学校里堆着抄来的各种文物和艺术品，我们也不知它们的价值，当然也不敢动。后来蒙古族著名的学者戈瓦先生要组织编写蒙古族通史，一次会议上他给了我一本研究提纲——《蒙古通史纲要》，这是搞通史的一个重要线索。后来这个工作由别人做了，但这本纲要却给了我很大的启发，我就以此来研究蒙古族的美术史了。

从西苏旗回来后，我参与了筹建内蒙古民族师范学院的工作，后来这个学院被批到了哲里木盟通辽市，大部分的筹备者没去，我也留在了系里继续当老师。从此也下了决心一定要把本民族的美术研究下去。从开始的图案收集转到了实物收集，但大东西没钱收集，也没地方放，只好收一些小物品，刺绣啦，剪纸啦等等。光画下图案也不行了，还要知道它们的来历、用途，知道民间有哪些东西，按历史学家的思路往上走，清朝有什么，元朝有什么，东胡有什么，匈奴有什么。比如匈奴的图腾是狼，东胡的图腾是鹿。这些结论的根据主要是匈奴墓、岩画、传说故事等等。

1983年，中国艺术研究院美术研究所和贵州美协举办了“民间美术研讨会”，这是一次全国性的会议。我在这个会上结识了许多专家同行，我的论文《蒙古族民间刺绣艺术漫谈》也入选《中国民间美术研究》一书里，对我的研究工作起到了很大的作用。我意识到蒙古族的民间美术并不是孤立地存在的，一个民族的历史经济宗教文化等都与民间美术有着千丝万缕的联系，研究它也同样需要依托各种学科。

说到最重要的问题就是，蒙古族乃至游牧民族的美术形式主要有哪些？它们从什么时间算起？

阿教授的研究表明：石器、岩画、图腾、陶器、青铜器、石雕（包括比较抽象的鹿石）、墓室壁画、石窟壁画、寺庙壁画、大量使用至今的民间美术等都是蒙古族美术的表现形式。

呼和浩特市郊发现了 50 万年前的大窑文化。鄂尔多斯有 5 万年前的河套文化。中石器时代在 1.5 万年左右蒙古人种的多次大迁徙以后在新石器时代形成了北方文化区，这是民族文化产生的历史条件。距今 8000 年的兴隆洼文化在赤峰敖汉旗被发现。这里以兴隆洼聚落址为代表，出土有石锄、石磨盘和石磨棒，还有龙纹陶器，学术界认为是龙的起源时代。还出土了地母天神像，这是蒙古草原上最早的石雕像。

距今 7000 年的赵宝沟文化在赤峰敖汉旗出现。出土的器物有刻着龙凤纹图案的陶尊，有鹿龙、鸟龙、猪龙、蚌凤龙、人面纹石斧等。

同样是在赤峰，距今 5000—6500 年出现了红山文化。出土的玉器中最为著名的是玉龙。其他的重大发现还有祭坛。祭坛的主体建筑有方圆二坛，是天圆地方的宇宙模式。在红山文化中发现的还有女神庙，极大地影响了学术界。庙里众神像并列，围绕主神，是鬼神崇拜，祖先崇拜，原始生殖崇拜，母权崇拜的强烈反映。

距今 3500—4200 年间的赤峰夏家店下层文化也是在敖汉旗发现的，是红山文化的继续发展。最突出的发现是出土了几千件彩陶，非常珍贵。其图案中有回纹、云纹、哈木尔、动物纹等都是后来蒙古人最喜爱的图案纹样。

阿教授讲述：上面说的这几个文化是一体的，它们之间有密切的联系，文物和年代又有着传承性，历史非常悠久。一旦我们拿出这些证据来，就可以证明我们的文化有着多么悠久的历史，这是我们觉得自豪的事情。蒙古民族、游牧民族的许多文化审美观点、喜好都能在美术品上体现出来。

比如岩画。红山文化中出土的女神雕像说明，那时的人们极为崇拜人类的繁衍生殖，女神庙的女神像大都是“丰乳肥臀”，是“丰产女神”。女性美成为艺术美的基本要素传读后世。

比如蛇。蛇是未经神化的龙，龙是神化了的蛇。蒙古族、北方民族一直就崇拜它，蛇象征着永生，人也希望永生。蛇的象征就化作一条“∞”字形的交叉，无头无尾，无始无终。现在看到的“盘肠”图案，蒙古语里叫做“乌力吉将嘎”(吉祥图案之意。图案的蒙古语统称为“贺－乌嘎拉吉”)。有一首歌叫《诺恩吉雅》里唱到“老哈河水清又清，那条‘老哈’河就是‘龙’河”，蒙古人对龙早就有一种认识。而长久以来，包括部分蒙古人也认为，龙凤是汉族人的图案，实际上这些图案很早就出现在游牧民族的生活里了。这方面我有很多证据：岩画中有许多蛇的形象。《山海经·海内经》里有“南方……有神焉，人首蛇身，长如猿，左右有首。”王逸《楚辞·天问》注：女娲，人头蛇身。红山文化中的玉龙就是猪头蛇身。龙是以蛇为身，加上各种动物而成。如角似鹿、头似驼、眼似兔、项似蛇、腹似蜃、鳞似鱼、爪似鹰、掌似虎、耳似牛等。

这可能意味着以蛇图腾为主的远古华夏氏族、部落部队战胜、融合其他部落氏族，从蛇演变成为龙。萨满巫师服上就有蛇的形象。鄂温克人、布里亚特人都有关于蛇的传说。蛇是北方青铜器中的常见题材……

因为蒙古族的艺术里有剪纸这样一门民间艺术，为了更好地理解它们，阿老师还专门学了剪纸，在大学里开设了剪纸课，后来甚至组建了内蒙古剪纸学会，出任会长，同时兼任中国剪纸学会副会长。每年搞点展览，培养了许多学生，出版了剪纸画册。他认为这也是了解、收集、教育的一个好机会。经过系统学习后的学生们再剪纸就不是一般意义上的窗花之类，而是一种全新的创作了，是通过民间美术教育来学习民族精神。而他对于民间艺术的喜好是从小就开始了。

他说：我的家乡在赤峰市敖汉旗，这里是半农半牧地区，清末时就有大量的汉人涌入。那时的过年过节习俗很多，小时候我就爱看热闹。我母亲和我婶子都是绣花能手，我婶子绣的花鞋我现在还保存着呢，每只鞋上有 8 只蝴蝶，相当精致。还有各种各样的烟荷包，女人们的辫子也编得特别好看。我小学四年级时母亲就去世了，我一直跟着爷爷奶奶长大。

现在我开设的课程有蒙古族图案、蒙古族美术、民间美术、平面构成、色彩构成、剪纸等。学生们特别爱学民间美术，尤其是蒙古族学生。我的目的就是要把蒙古族的文化传播出去。

打开阿教授的藏品，尽管没有太多的大东西，但是仍能感受到浓浓的民族气息。面对这些“小东西”，阿教授说：“发现好的藏品很难。有时我让学生们帮我收集，有些藏品就是学生从家里要来的，有一件荷包是我追要了 3 年人家才给的。因为那些绣品也是人家的传家宝啊。”

内蒙古师范大学有几位教授研究的领域非常独特：原副校长陈山教授是植物学家，从拉丁文国际植物命名学入手，发现了数百种蒙古语名称，由此形成蒙古民族植物学科；芒·牧林教授从语言入手，收集制作了 40 多万个词汇卡片，探索出蒙汉语的同源规律，合作编写出巨著《蒙古语辞典》。

阿木尔巴图教授担任了大型辞书《蒙古学百科全书》艺术卷的副主编职务。随着对历史的深入研究，随着红山文化、赵宝沟文化、夏家店文化、兴隆洼文化的深入发掘研究（这几个著名的文化遗址刚好都在阿教授的家乡赤峰市），许多历史问题将有更新的认识，甚至在某些重要的方面可能要改写。

文浩

白马奔腾永不息

民族团结杂志社

文浩：凝聚团结历史和文化

一般说来，自学成才的人士更能得到人们的尊敬和赞叹，因为他们是在所处相对条件不理想，或者受一些不可把握的外因，所以需要比别人付出加倍的努力才能达到期待的目标。

文浩先生就是自学美术、自学雕塑而成为蒙古族的雕塑家知名，而他的本行是博物馆研究员，与考古和文物打交道，当过了多年的内蒙古博物馆馆长。（文名赛·巴都素）

文浩的雕塑作品如何？邓拓题诗曰：造型艺术妙无师，手到神传信是奇，若问此中何秘诀，学成端赖苦坚持（1964年题）。中国著名雕塑家刘开渠写信给文浩：我很欣赏您的作品。您的作品是感人的，是富有时代气息的，您的作品，在构思上是经过精心考虑的，造型是完整的，风格是朴素的。《草原小姐妹》、《学习》、《劳动模范一莫尔格莱》、《送鲜奶》等都是很好的雕塑作品。您从未进过专门学校，也未受过专门训练，一下达到了这样好的艺术水平是令人钦佩的。

文浩（1926年生于土左旗。）从1950年开始创作雕塑作品，第一个作品是以他妻子为模特儿的。此前他学过绘画

文浩工作中

一般说来，自学成才的人士更能得到人们的尊敬和赞叹，因为他们由于种种原因，总要比别人付出更多才能达到目标。文浩（又名赛·温都素）先生就是自学雕塑而成为蒙古族的知名雕塑家，而他的本行是博物馆研究馆员，与考古和文物打交道，当了多年的内蒙古博物馆馆长。

文浩的雕塑作品如何？

邓拓 1964 年题诗曰：造型艺术妙无师，手到神传倍足奇，若问此中何秘诀，学成端赖苦坚持。中国美术家协会副主席、著名雕塑家刘开渠写信给文浩："我很欣赏您的作品……您的作品是感人的，是富有时代色彩的，您的作品，在构思上是经过精心考虑的，造型是完整的，风格是新鲜的。《草原小姐妹》《学习》《劳动模范——莫尔格策》《送鲜奶》等都是很美的雕塑作品。您从未进过专门学校，也未受过专门训练，只是在党的关怀和培养教育下，经过自己努力学习，坚持业余创作，达到了这样好的艺术水平是令人钦佩的。"

文浩 1926 年生于土默特左旗，从 1950 年开始创作雕塑作品，第一个作品是以他妻子为模特儿的。此前他有过绘画的底子，那也是自学的。5 岁时他当过喇嘛，也只是为了每月能有一石白面。庙里的佛像令他很好奇。1942 年还去过日本，在庙里学习。1944 年回国。

文浩自小就有艺术细胞，除了对绘画雕塑有兴趣，舞蹈、唱歌都干过，那是在内蒙古文工团的事。1950 年电影《内蒙人民的胜利》拍摄时曾经选中他为男主演，不知怎的，文浩对此却兴趣不大，终于半途而退。

从日本回国后，他先后在土默特公署教育股工作，在乌兰夫、刘春家中任生活秘书。1946 年在新成立的内蒙古文工团做演员，还搞舞台美术。1948 年在《内蒙古画报》做编辑组长，这个画报是全国省级画报中创办最早的。1955 年他成为这个画报的主编，这期间他没有停止过业余创作。

1956 年，内蒙古博物馆要建设，他被调去任筹建处副主任兼总体设计。博物馆建成后他任副馆长（没有正馆长）兼支部书记，不久任馆长。这段经历是他一生中最重要的阶段，直到 1989 年离休，他在文博行业里干了 30 多年，对民俗、民族学、考古、文物等专业均有深入的调查研究，森林、农村、牧区都留下了他的足迹，收集物品，记录生活现状，研究民族历史，发表论著，体现了一个文博工作者的高度责任感。

1980 年，文浩主持筹备了四个系列展览，它们是民族文化、古生物、革命历史、民族史四个部分。这四个展览展出后在全国都很有影响，在省级博物馆中也是少有的。后来在此基础上又发展成了内蒙古文物展、成吉思汗文物历史展等，到美国、日本长时间地展出，引起极大的轰动，取得了良好的社会效益和经济效益。

一边是文博事业的开创和发展，一边是旺盛的创作激情。从 20 世纪 50 年代初到 90 年代初的 40 多年里，文浩雕塑了大量的人物像，他们中包括了呼韩邪单于、斛律金、铁木真、木华黎、忽必烈、蒲松龄、乾隆、曹雪芹等一百多位历史人物，还有席尼喇嘛、色拉西、毛依罕、李四光等现代人物，分别出版有《文浩历史人物雕塑注史》《文浩雕塑选》等，将历史人物塑出并附上他们的简历也是个创新，有很好的观赏和史料价值，所以称为“注史”。而创作这些跨越千年的人物，心中该有多少人物形象储存呢？他还有《论民族地区博物馆的陈列》《在城市雕塑试点中涉及的若干问题》《元朝的佛像崇拜与内蒙古雕塑艺术的发展》等多篇论文。

也许是从小喜好艺术，也许是从事文物考古事业有了经验，也有了遗憾，退休后文浩与夫人荷云（内蒙古文物工作队前队长）萌发了创办个人博物馆的念头，并且在他的家乡土左旗首先实施。

个人出资办博物馆，谈何容易！敢有这个想法就不容易了。

他的家乡土默特左旗在打尔架村为他找了一块地，约3000平方米，这是免费的，但其他东西却是要花钱的。盖房子，他把自己的稿费和存款都拿出来了，完全是自筹。友人们支持些建筑材料，出工出力，他们俩还动员了孩子们也去帮忙。这些工作1986年就开始张罗了，经过4年的艰苦努力，馆舍盖起来了。那是个大院子，农家小院式的结构，非常符合博物馆的性质：敕勒川民俗博物馆。

既然是博物馆，仅有房屋是不够的。实际上这比盖房子还难。多年的文博工作使他养成了收集文物的爱好，为了这个民俗博物馆，他收集了这一地区的许多行将消亡的器物，复制了这一地区的生活场景，因为这一带正好是农耕文化和游牧文化的交界地，兼有两方面的东西。

他让儿子齐勤开着三轮车，到民间收集，小至锅碗瓢盆，大至石碾石磨，还到清水河那边自己烧制（复制、仿制）瓷器，采访老人，整理文字，终于在1990年7月8日落成开幕。它是内蒙古第一个私人开办的博物馆。

尽管只有五间平房，却展出了民族、民俗等四大部分共700多件展品。自治区领导、文化艺术界及当地群众数百人出席了开馆仪式，那天像过节一样热闹。

作家黄宗英曾撰文称赞这个博物馆和文浩夫妇（《文汇报》1992年4月21日整版）：

1991年农历正月，文浩夫妇陪着我来到敕勒川民俗博物馆。

博物馆的柴灶火熄锅冷。村里人拎来了热水瓶和杯子。天垂云冻，社鼓声声。我踏进展厅，一具黄河水车漫过我的头，黄河文化迎面扑来。展厅，不过是打通了的三间农村平房。勒勒车的铆铁钉的硬大轱辘在我身边，过去在北方农村常常见到而近年越来越稀罕的臼础、石磨、碌碡、石条、石磙、石界碑……倒叙着岁月的故事。而弓、箭、箭袋、马烙铁、挤奶桶、打草的长镰、取火的火石、火镰、擀毡的棍棒……重现骑马民族的特色及其与周边民族的交融。点上油瓷灯的灯芯，照亮古代青铜箭镞、照亮秦砖汉瓦残片、照亮明清时的寿星头、福禄寿……驼铃、驼褡低诉着草原丝绸之路的往昔——是90

多岁的草原驼运队旅蒙商人献出来的……整个展品共有 700 多件，以实物说话，朴实无华，低唱着敕勒川自己的歌。我的心滚烫滚烫。我走南闯北国内国外的各类博物馆参观过不知多少，却独独这一座小小的、设在中国中等农村的博物馆让我血沸衷肠。这里的每一件展品都仿佛曾是农夫农妇的怀里掖着的、袄袖里揣着的、手心里攥着的，带着乡亲的体温和气息。它也把文浩一生的经历、学识、情趣、才华都调动出来了，涉及了方志学、社会学、政治学、经济学、宗教学、法学、美学、音韵学……

文浩又愣神了。他对我说："你看没花大钱吧。"我心想：你家的"小钱"都花净了，连大信封都翻过来用。

文浩认为，民族没有优劣之分，只有先进后进之别，如同江河，有的已流入海洋，有的正在平川上流着。把民族的文物收集保留起来是研究历史研究民族的直观方法，对研究者有重要作用。可以说创办这样一个博物馆是文浩及其全家人对内蒙古文博事业的一个重要贡献，也是文浩一生中最为重要的一件事情。

文浩的女儿苏日娜回忆道：我父亲如果一直搞学术的话可能是个很不错的学者，行政工作对他的压力太大了，因为他总想把工作做好。内蒙古博物馆楼顶上的那匹白马就是出自我父亲之手，那已成了呼市的标志性建筑了。"文化大革命"时还为此受到批判——你那匹马是朝哪个方向的？当时把他揪到三层平台上批斗，四层顶上便有人砸那匹马。造反派还让他亲手砸掉他自己的作品，我还记得父亲砸了之后的表情，真是说不出的滋味。他做博物馆是早就想好的。那时他去日本就看到日本有许多公办私办的博物馆。内蒙古博物馆筹建时他就主动要求来干。他做雕塑也是与博物馆工作密不可分。他干事有一股执着的劲儿，那执着的劲儿实在让我们感动。1985 年他心肌梗死，刚刚被抢救过来，身体还没恢复，就说我要搞北方民族历史人物 100 个雕像，我们都觉得你休息还来不及呢。5 年后 100 个像全做好了。他们老两口自己拍照，最后出了本《文浩历史人物雕塑注史》。20 世纪 80 年代末，他和我们几个孩子去土旗看地方，说要在这儿盖房子建博物馆。我觉得又是不可能的事，结果又办成了。他总是那样有激情、乐观、智慧。我现在还时时事事想到要是我父亲在会怎么处理。

文浩是一位博学的博物馆学家，一位自学成才并有着浓烈民族情感的雕塑家，他为内蒙古的文博事业贡献了全部心血，他还是多年的内蒙古美术协会主席，内蒙古文联副主席、自治区文化局副局长，多年的内蒙古博物馆馆长，还有许许多多的社会职务。由于“文化大革命”中受迫害，由于操劳过度，重病缠身，终于在 1994 年 6 月心脏病发作，离开了他心爱的事业。夫人荷云也在两年后去世，留下了太多太多的遗憾。

文浩的女儿苏日娜讲道：

1995 年 12 月 20 日，捐赠文物仪式在呼和浩特博物馆举行。按照我父亲的遗愿，我母亲荷云把我父母共同创办的内蒙古首家个人博物馆“敕勒川民俗博物馆”全部文物 600 余件捐赠给呼和浩特博物馆。时任副市长的陈瑞清代表呼和浩特市人民政府向我妈妈授予“市长特别奖”并颁发荣誉证书，奖励人民币 4 万元。

我父亲在世的时候也有一些东西捐给了内蒙古档案馆。我父亲去世以后，我母亲、我哥哥也捐了一些零星的作品和收藏品。2005 年 10 月，我将父亲最后一批雕塑艺术品遗作捐赠给内蒙古档案馆。这次捐赠的雕塑艺术品共 7 件，其中 5 件属汉白玉人物石雕。另 1 件是呼和浩特辽代白塔石膏雕塑模型。这批雕塑作品形象逼真，造型优美，工艺精湛。具有较高的收藏价值。

从 1992 年至 2005 年，我们家已先后向内蒙古档案馆捐赠文字、照片、雕塑等档案 847 件，其中雕塑艺术品档案 40 件。内蒙古档案馆的人说，这些档案的进馆不仅从门类、数量上丰富了馆藏，更重要的是打破了档案馆只保管文字档案的常规，从载体上丰富了馆藏。

当然，白马雕塑是艺术品，更有着巨大的坐标功能。它在合适的时间出现在合适的地方，融入了时代记忆和城市记忆，翻阅呼和浩特人们的相册，多半会有一幅在这里拍的纪念照。每天通过这里的成千上万人都看到了并且每天看，看了半个多世纪了，若问一个当地人或外来人，呼和浩特的地标性建筑是哪一个，恐怕还是这个白马雕塑。我每次到呼和浩特都会拍几张白马，眼看着它栉风沐雨。由于内蒙古博物馆易地扩建为内蒙古博物院，这个老博物馆旧楼改成呼和浩特博物馆了，但在当地人们的记忆中，还是白马，还是博物馆。周边已经是高楼林立了，旁边的呼和浩特地铁一号线也开通了。白马从当初的城市最高峰降为了谷底，白马见证了这一切，以不变看万变，诠释了发展和变化的永恒主题。

浩特

你只管站在舞台上，其他的事儿我们管

2020.12.2 ①

[illegible]　　　　1948年[illegible]

1954年生于[illegible]，[illegible]（[illegible]）读书。

内蒙古[illegible]。（[illegible]）

[illegible]？

[illegible] 1955年[illegible]

[illegible] 内蒙古第一 [illegible] 内蒙古唯一一人。

[illegible]第一位女[illegible]。

[illegible]

新中国

小时中学时[illegible]。文革[illegible]

[illegible]

[illegible]。1959年[illegible]、全区建设中，[illegible]

1977年9月[illegible]，全区话剧团，[illegible]（内蒙古～）[illegible]，

[illegible]

[illegible]

1980年考中戏[illegible]，

1978年高考考中。　　[illegible]1983年毕业，1984年回

[illegible]。[illegible]。

[illegible]。[illegible]1973年[illegible]一年，[illegible]。

[illegible]"内蒙古[illegible]话剧团"

1953年成立，1961年[illegible]，1962年[illegible]。

内蒙古舞台美术学会会长浩特

他是内蒙古舞台美术学会会长，内蒙古自治区话剧院（在包头）一级舞台美术设计师，中国舞台美术学会常务理事，内蒙古舞台美术学会会长。2006、2009、2010、2014—2019 年内蒙古自治区艺术高级专业技术资格评审委员会委员，内蒙古艺术学院客座教授。2000 年获颁国务院“政府特殊津贴”。政协包头市第九、十、十一届委员。

主持设计各类剧目 50 余台，其中 6 幕话剧《旗长 · 您好》被中共中央宣传部评为 1991 年度精神文明建设“五个一工程”入选作品，同时获文化部第四届文华新剧目奖；话剧《司法局长》被中共中央宣传部评为 1993 年度精神文明建设“五个一工程”入选作品，同时荣获文化部第五届文华新剧目奖。担任舞美设计的话剧《红岩》《春天的困惑》《红梅花又开》《牛玉儒》《公仆李如刚》《乡村检察官》《妇科专家》，儿童剧《两个转学生》《我爱 309 班》《沙暴呜呼》《安徒生童话剧》，蒙古歌剧《满都海斯琴》、晋剧《魂系大漠》等 20 余部剧目分获省部（自治区）级各类奖项。1996 年获中国话剧艺术研究会颁发的第三届中国话剧金狮“舞美设计振兴奖”（振兴奖是中国戏剧家协会最高奖），1990—2002 年连续三届获内蒙古自治区文化厅、内蒙古自治区文学艺术界联合会、内蒙古戏剧家协会、内蒙古舞台美术学会联合颁发的舞美设计“金牛奖”。1995 年被内蒙古自治区文化厅授予“为内蒙古自治区文化艺术事业做出突出贡献者”称号，1998 年获“全国中青年德艺双馨文艺工作者”称号。曾担任电影《吴大款包工记》，电视连续剧《军魂》《大漠落日》《燃烧的太阳石》等十几部影视作品的美术设计。2014 年内蒙古教育出版社出版专辑《落笔有痕 · 浩特钢笔画速写集》。2017 年为内蒙古教育出版社《内蒙古 70 年诗选》181 位诗人绘制钢笔人物肖像画。2017 年被中国舞台美术学会评为“全国舞台美术年度十大人物”荣誉称号。

舞台美术是做什么的?

我总结：一个演员站在舞台上，只有身体是自己的，其他都是我们舞美管的——服装、头饰、化妆、道具、灯光、背景、声音、色彩、效果、舞台升降、舞台转换、大幕等等，统统归舞美管。再通俗地说，演员在舞台上就是裸体的，其他都是舞美管的。

在戏剧舞美里，话剧最复杂最难。独幕戏就一场，一个场景；五幕剧就五个场景。其他如舞剧、歌剧的舞美都不如话剧复杂。话剧舞美要求有时代感，大幕一拉开，时代感就出来了，比如北京人艺的《茶馆》。戏剧学院教的舞美就是话剧舞美。

根据剧本的内容和演出要求，在统一的艺术构思中运用多种造型艺术手段，创造出剧中环境和角色的外部形象，渲染舞台气氛。

它的美术特征有“虚拟性”，即运用实的布景为虚拟的戏剧服务。舞台上的布景和空间都具有假定性，一片小景就可以是墙、门、山，激发观众的无限遐想，属于二度创作。在剧本文学创作及导演总构思的基础上进行再创作，以其特有的形象语言表达，从属于表演艺术。既是空间艺术又是时间艺术。首先人物造型是依附于演员，景物造型为演员表演提供必要的空间环境。演出过程中时间在变换，人物造型也随角色行动而变化，显示出时间的推移。

它具有综合性。舞台美术本身是布景、灯光、化妆、服装等诸多造型因素的综合体，它们之间既有分工，又相互关联，形成一个不可分割的艺术整体。它的技术性较强。舞台形象要依靠多种技术手段体现，因此它的发展与科学技术的进步紧密相关。从简单不变的舞台到机械控制、从蜡烛和油灯照明到汽灯和电光源，微机控制系统和激光技术的发展更开拓了舞台灯光的新领域。

舞美在戏剧里处于什么角色？

算主创人员。拿到本子后，编剧（剧本）、导演、舞美（制造环境）三人研究，什么场景、什么服饰以及所有相关的那些元素首先由舞美提出，画草图，气氛图，做模型，把想法固定下来。舞美的方案可以启发导演，因为我们是立体思维，像看沙盘。一切方案确定了，开始正式组织团队开工。有木匠、油工、做泡沫道具的、做折叠背景的、灯光、裁缝等等，相当于一个完整的装修队。所以，我做会展、装修活儿那是现成的，我自己有各种工具，熟悉多种土木金属纺织材料，能画速写草图和效果图，一切尽在掌控中，比平面绘画复杂多了。我画过的最大画幕有 16 米宽、24 米长，得站在梯子上，还摔下来过。

怎么进入美术行业的？

我从小喜欢画画儿，还拿我父亲的苏联产费特照相机拍摄，这一爱好奠定了我以后的人生路。还没有等到正式学习画画的机会，“文化大革命”降临，父母被关，连一般的上学机会也没了。与其他男孩子一样，我在街头显示“男人气概”，不免被打得头破血流。稀里糊涂的几年就过去了。1972 年，已是“文化大革命”后期，一切开始复苏。传来包头话剧团要招舞台美工，我正好痴迷绘画，马上报考，顺利地进入了这个行业。团里已经有 3 人的舞美组，我就在这里学习工作，看各种书籍。

我还曾经帮助市公安局画像，画嫌疑人像，根据当事人的描述，有些还挺符合实际，帮助破了案。还曾计划设计一种千人脸谱的推拉式“组合人像图具”，就是各种眼睛、各种鼻子、嘴唇等五官可以任意组合，从而达到最接近的脸谱。后来因为人员变动，此事搁置。

1973 年我在内蒙古师范学院学习了一年。1980 年我考入中央戏剧学院舞台美术系，前后学习了三年。这个班是全国院校的舞美老师的进修提高班，都是有实践经验的人“回炉”，比一般本科生水平高。中戏是规模不大但很高端的一所大学，我们上学时只有表演、导演、舞美、戏剧文学 4 个系，二百多学生。

1984 年从中戏回来后就独立接戏了。第一个独立承担舞美的是《蒙克斯威尔谋杀案》。

包头话剧团和内蒙古话剧团（院）有怎样的渊源？

这还有点历史。本来是 1953 年成立的内蒙古话剧团，前身是原绥远省话剧团。后来考虑包头市正在建设中，外来人口多，需要文化生活，需要大院团呀。就迁到包头了。1954 年绥远省建制撤销，内蒙古自治区首府迁至呼和浩特，就更名为内蒙古自治区话剧团。1957 年，内蒙古话剧团一度短暂迁驻包头，当年返回呼和浩特。1962 年 4 月，内蒙古话剧团吸收合并了包头市文工团话剧团，正式迁驻包头，从此就定居在包头了。“文化大革命”中剧团一度更名为包头市话剧团。1979 年恢复原建制，划归自治区文化厅管理。1998 年由内蒙古文化厅划归包头市管理。2009 年更名为内蒙古自治区话剧院，同时加挂内蒙古自治区儿童艺术剧院的牌子。2013 年又整建制归包头市文化广播电影电视新闻出版局管理。2021 年划归内蒙古艺术剧院。

现在做什么呢？

2020 年我被中央戏剧学院聘为客座教授。还承担了《内蒙古文学百年大系》600 余人的速写画像任务。我的速写很快，适合做这样的事情。还在编写舞美、工艺美术、绘画方面的专著。

我从学习摄影就开始拍舞台剧照，总是被剧情和人物所吸引，却不知舞美的功劳在幕后。浩特为人诚恳热情，性情温和，多才多技，德艺双馨。

浩特的名字在蒙古语里是“城市”，他 1954 年生于乌兰浩特。几个月时就随父母迁往呼和浩特，不久父母又服从组织分配调往包头市工作。他好像跟城市有缘，跟戏剧有缘。戏剧的产生地就是城市，与唐诗宋词齐名的元曲，不仅产生在元代，还直接与城市有关：定居的人群、富裕的生活、发达的文学和音乐以及官方的扶持。浩特在戏剧舞台做了几十年的美化工作，沉浸在魔幻的布景和绚烂的灯光里，绘出了色彩光鲜的人生。

莽双英

舞者无语

王晓梅
舞协秘书长。

蔡[illegible]，吉林艺术学院副教授

1939年8月出生。1958年毕业于北京舞蹈学校，1958年任吉林歌剧团主要演员，1985年后在吉林艺术学院任教，舞协会员，是吉林省第一个舞蹈专业出身的高级职称教师者。

主演了《牧羊女》、《游春》，参加了我省第一部芭蕾舞剧《天鹅的请愿》和第一部反映少数民族生活的舞剧《雨后山上》的演出。60年代她主演《春江花月夜》、《蝶舞》、《小天鹅》《布谷鸟与少女》《孤雁翔》，以及舞剧《国际歌》、《人面桃花》、《宝莲灯》的演出。70年代她执导了大型舞剧《[illegible]》，并参加了芭蕾舞《红色娘子军》、《沂蒙颂》的演出。

1962年莽双英演出《宝莲灯》

关于莽双英的名字，曾经有一篇稿子上写道："你这个名字很有意思哩，人们通常把张飞、李逵称道为莽撞的双英，他俩可是人民群众所喜爱的人物哟……"这是1957年新年联欢会上毛主席问到莽双英名字时所说的一番话（见1988年2期《艺圃》杂志）。虽然不是张飞或李逵这样的草莽英雄，莽双英的一生一定是对得起她的故乡和民族的。

莽双英生长在吉林省吉林市，据她在自传里回忆，长辈说他们家是忽必烈的后代。现在的吉林连同整个东北地区有着近百万蒙古族人，他们大量地与汉族人杂居，更加农业化，更加城市化，更加双语化。因此姓氏的变化显得很必然。

1999年，我到长春出差时想采访莽双英教授，电话那头说："……我得了重病，正在化疗，形象也不太好，你等我病好了再来行吗？"我当然不能再坚持去拜访。2000年我又去了长春，接电话的是家人，"她去世了……"顿时，我的大脑成了空白。又是一个永远的遗憾！类似的遗憾我自从系统采访蒙古族优秀人物后遇到多次，痛心不已，采访拍摄的事情也自然提速。2002年，我又因公去长春，这次下决心一定要见见她的家里人，看看她曾经的环境。

莽双英教授的儿子和儿媳妇非常好，他们放下手中的工作领我到了家里。墙上挂着她的照片，书房里满满的，有整抽屉的照片和文字资料，包括她的自传和总结材料，这对我极为重要。环顾中，突然墙上的一张照片让我怦然心动：电影《英雄儿女》男主角王成的大幅剧照，脑海里马上蹦出"为了胜利，向我开炮!”这令人热血喷涌的台词，难道这与莽老师……是，那正是她丈夫刘世龙先生的一幅剧照——英雄王成在《英雄儿女》中的造型！那可是我小时候不知看过多少遍并为之流泪的电影啊！

按下激动，我开始在照片和纸层中寻找莽双英的艺术生涯和记录她人生光辉的碎片，整个写作过程中，敬佩和遗憾都交织在一起。

她 1939 年出生，1959 年毕业于北京舞蹈学校（今北京舞蹈学院）。这是中国第一所舞蹈学校。接到入学通知的她兴奋得开始编织自己的艺术之梦。没想到，第一个学期下来，同学们都在为自己的成绩单兴奋时，莽双英拿到的却是一水儿 3 分的成绩单，所有的专业课成绩全是 3 分！沮丧，耻辱，使她从梦中惊醒。汗水、苦练，青春就在那练功房的木地板上一天天地度过。终于，在毕业典礼上，陈锦清校长赞赏道：“我们的丑小鸭成了白天鹅了!”

条件并不优越的她凭着勤奋和执着迅速掌握了舞蹈的要领。本来她可以分到中国歌剧舞剧院，但是她却回到了家乡吉林省。

她的第一个作品是《春江花月夜》。获得好评后，《跎舞》《布谷鸟与少女》《弓舞》《欢喜》《艰苦岁月》《牧笛》等独舞或双人舞相继亮相，在这个领域中尽显才华。而 1962 年在大型民族舞剧《宝莲灯》中她饰演三圣母，则标志着她的舞蹈艺术更趋成熟。

1959年她到了吉林省歌舞剧院后，次年便在小舞剧《人参花》中饰演人参鸟，这是在吉林省第一次表演芭蕾足尖技巧，而《布谷鸟与少女》还于1964年赴朝鲜演出。到“文化大革命”前为止，她还有作品《南方风火》《迎宾》等。1966—1970年期间，同许多艺术家一样被列入“黑尖子”行列。虽然没有机会上台表演，但她还是借机通读了中外舞蹈史、舞蹈理论等书籍，写下了十几万字的心得笔记，为以后的创作、教学奠定了基础。

她不仅自己跳舞，还创作、编导。

1963年她创作《迎宾》，为迎接金日成同志而作，而后的20多年里长演不衰，是她编导作品里演出时间最长的。1970年编导小舞剧《肖国宝》，1971年担任《红色娘子军》导演组成员，1972年创作《中柬友谊之歌》，1973年创作《中朝友谊万岁》，1976年创作《绣韶山》（合作），1977年执行导演大型舞剧《骄杨颂》，1978年创作《花儿献给科学家》（合作），1979年排练《花鼓灯》赴朝演出，导演三人芭蕾舞剧《海侠》《天鹅湖》《唐·吉诃德》中的部分片段，1980年排练《葡萄架下》，1981年策划、排练吉林省第一台舞蹈晚会，1982、1983年任舞蹈队长，赴各地演出。

1971年后，她出任《红色娘子军》导演组成员并在其中扮演角色。此后她更多地在导演和演员这两个角色中穿梭。1979年她在大型舞剧《骄杨颂》里任执行导演；创作舞蹈《迎宾》，演出时间持续20年；创作舞蹈《中朝友谊万岁》《绣韶山》《天池仙女》等。1980 年在舞剧《小刀会》中饰演周秀英，1981 年再度表演《春江花月夜》，1982 年排练并导演《天鹅湖》选段，芭蕾双人舞《海侠》选段、芭蕾双人舞《唐 · 吉诃德》选段。1981 年策划并排练省内第一个舞蹈专场晚会并做各地巡回演出。她还常常率舞蹈队赴各个院校、工厂演出。

舞蹈这门艺术似乎更青睐于年轻人。1984 年她想到应该把自己多年来的经验和学识在另一个领域里释放出来，于是找到领导要求转行。从此她成为吉林艺术学院的一名教师，不久就成为副教授、教授，也是吉林省第一位舞蹈专业的教授。事实上，作为一名舞蹈家，莽双英在吉林舞蹈界里有着多项“第一”的纪录。

她是吉林省内第一位北京舞蹈学校（今北京舞院）毕业生，如果不是当时的吉林省委宣传部长宋振庭把她要回来，也许她的艺术生涯要改写；吉林省第一个跳独舞的，作品《春江花月夜》；第一个跳芭蕾的；在吉林省大型舞剧中饰演角色最多的——在《宝莲灯》《小刀会》《沂蒙颂》中饰演主角；第一个做舞蹈艺术讲座的；为电影《杜十娘》《李冰》《神奇土地》等 7 部电影设计舞蹈，在省内最多；给省歌舞团上课 20 多年，引入正规系统的舞蹈教学法，此前只有简单的“体功”；是吉林省第二至八届政协委员，除她以外，直到第六届时才有其他舞蹈界人士任委员。

“文化大革命”前她是吉林省舞蹈家协会副主席，1991 年任主席，1996 年又连任，是舞协担任领导职务时间跨越最长的……有人总结出她在吉林省舞蹈界的 14 个第一。

任教之后，莽双英又以全部的热情投入了教学。她从不迟到，对每一堂课都是十分认真的。任教之初她便是该院舞蹈系副主任，她发现教学计划和大纲还不够完善，教材更是寥寥无几。于是她就从编写教材入手。半年后，她编写出《外国代表性民间舞》《武功教材和教法》，接着又调整了各教研室，制定各项制度，重修教学大纲等。同时她还自己担任教学工作，看过她上课的人都说她“组织有特色，新颖流畅，动作规范，内容丰富，舞蹈感强”。

为了提高教师的水平，她鼓励教师们勤奋学习，积极撰写论文，而她则自己带头写，共有十几篇论文如《舞蹈风格形成琐谈》《继承发扬民族优秀的舞蹈文化》《舞蹈教学改革刍议》《启发式与成才》《吉林舞蹈创作综述》《舞蹈教育琐思》《论学龄中期心理与教学》《论课堂教学原则》《朝霞映照舞翩翩》《舞蹈美来自真诚》等在《吉林日报》《舞蹈》《新文化报》《吉林艺术学院学报》等报刊上发表。

1992 年她获得了国务院颁发的“政府特殊津贴”，对此，她说：“我看到的不只是金钱，而是党对我几十年来工作的肯定，是对我的关心和鼓励，我只能做得更好。”对于一位蒙古族舞蹈家来说，在各民族人才济济的地区能有此殊荣，足以说明其勤奋程度和艺术水平。如今，她的几批学生都成为吉林舞蹈界的骨干。

她的谦逊表现在微小的事情上，她在自传里写道：“我没有几张像样的照片（剧照），这是因为当时不敢向记者要，更不敢自己找人拍，那是要挨批的：个人英雄主义、名利思想！‘文化大革命’时，我是舞蹈界第一个挨批挨斗的艺术家。抄家时拿走了一些，自己销毁了一些照片，现在保留下来的都是后来同事们和记者送的。节目单也没有积累。”

2000 年，癌症夺去了她宝贵的生命，年仅 61 岁。不仅舞蹈界失去了一位优秀的艺术家，蒙古民族也失去了一位优秀女儿。

我虽然对英雄王成的形象极为崇拜，也极其爱看电影，却因媒体工作实在忙，抽空写蒙古族人物已经是能力极限了，所以眼看着英雄“王成”就在眼前，却没有精力再写他们。之后又是旧戏重演，酿成一个又一个的遗憾。再后来去长春电影制片厂参观，博物馆里陈列着长影的作品剧照，很多熟悉的形象迎面扑来，心中又是一阵阵激动。2017 年，刘世龙先生过世，这个艺术之家永载史册了。

巴森扎布

我对成吉思汗永怀崇敬之心

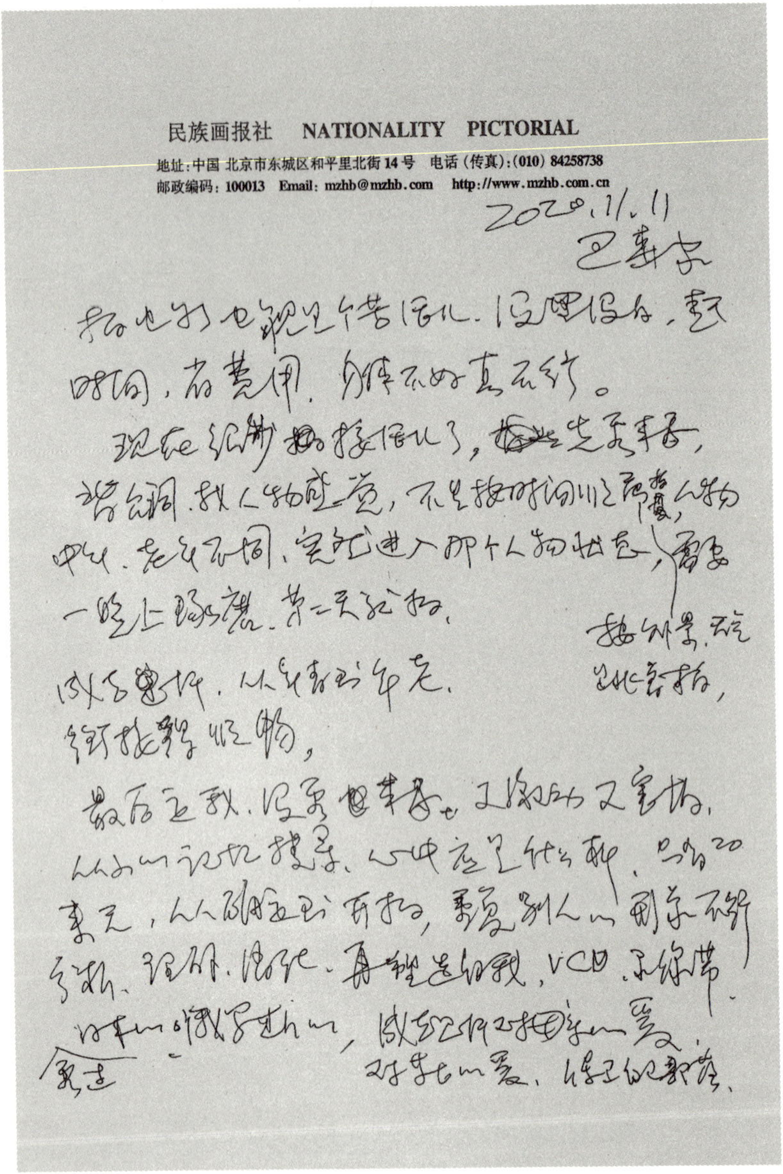

民族画报社　NATIONALITY PICTORIAL

地址：中国 北京市东城区和平里北街 14 号　电话（传真）：(010) 84258738

邮政编码：100013　Email：mzhb@mzhb.com　http://www.mzhb.com.cn

2020.11.11

[illegible]

巴森扎布饰演电视剧《忽必烈》中的成吉思汗

很久以来，成吉思汗亦人亦神的形象就深入人心，成为蒙古民族最敬爱的人物。而由于科技水平的局限和历史观的差异，我们看到的关于成吉思汗的视觉资料非常稀缺，仅有少量的画像流传于世，而且各国画的千姿百态，很难想象哪一幅更接近。同样，关于蒙古族历史的文字记载也是零落不一。

随着社会的进步，随着人们对历史的重新评价，随着人们对历史真相了解的渴望度加强，随着人们对文化艺术生活丰富性的不断追求，对历史伟人成吉思汗的关注被提到了一个新的视角和高度，长篇历史电视剧《成吉思汗》便应运而生了。这个电视剧不仅是同类题材的首创，更是把一个令人难忘的成吉思汗的艺术形象烙刻在了人们的记忆里。这个令成吉思汗“走下神坛，走入民间”的扮演者就是内蒙古电影制片厂的蒙古族演员巴森扎布。

他是新疆博尔塔拉蒙古自治州博乐市人，影视表演家，一级演员。1954 年生，1964 年入内蒙古艺术学校学习舞蹈，1969 年考入中央军委工程兵政治部文工团任舞蹈演员，曾经在《红色娘子军》《白毛女》等舞剧中担任主演或领舞。1984 年转业到内蒙古电影制片厂（今内蒙古电影集团）任演员。主要电影作品有《赤壁》《狼图腾》《蒙古王》(中俄合拍)、《东归英雄传》《特殊囚犯》《阿尔巴特》《战神记》《玛吉克和他的儿子》《浴血疆城》《一代天骄成吉思汗》(电影)。电视剧《黄敬斋》《城市牧歌》《最后的猎人》《北条时宗》《青龙剑》《轩辕剑之天之痕》《迎亲马队》《地狱生灵》《乌兰夫》《天神不怪罪的人》《走出森林》《水命》《白马》《魂断钓鱼城》《建元风云》《我的鄂尔多斯》《祥云奈曼》《忽必烈》等。在电视连续剧《成吉思汗》中扮演主角成吉思汗，从此他的造型成为许多成吉思汗题材艺术品的“标准”形象，深入人心。多次获业内大奖。2012 年获得蒙古国颁发的“北极星”勋章，以表彰他对蒙中两国友好关系与合作及文化发展做出的贡献。

巴森形象硬朗，演技好，戏路宽，为人正，自带蒙古贵族气质，被誉为“大汗专业户”。

从 1998 年巴森接到《成吉思汗》剧本算起，至今已经过去了 20 多年，当年的激动和紧张到倾心而为以及后来的掌声和鲜花，如今都化作了深思和回味，更像陈年老酒一般，越发地醇香，历史的成吉思汗与现实生活中的巴森有了某种不解的情结，我们很想知道，在时空隧道中穿梭的巴森内心感受是怎样的，来听巴森慢慢讲述。

我们知道您在很多影视作品里扮演角色，如果它们是群山的话，那高峰就是《成吉思汗》了。您是怎么被选到这个剧组并且成为主角的？

那是 1998 年，内蒙古仕奇集团投资拍这个剧，政府也很重视，影响很大。我是内蒙古电影制片厂的演员，在海选中胜出。最初到《成吉思汗》剧组时，被告知饰演其中的大将哲别，我已经开始看哲别的台词了。当时已有十多个国内外演员备选演成吉思汗。我身高 1.78 米，当时体重 178 斤。突然有一天导演让我试一下成吉思汗年轻时候的妆，结果都觉得最合适。

我一夜没睡！对我来说不得了啊，又激动又害怕，扮演民族的英雄人物，太出乎意料了。成吉思汗题材的影视被美国、日本、韩国、俄罗斯、蒙古等国拍摄过，我们的压力自然很大。说实话，当时关于成吉思汗的书我看的很少，对我们民族历史的了解也没有今天这样深入。我对蒙古历史的了解，部分是来自于我父亲巴特道尔吉——一个能说会唱的托布秀儿（蒙古乐器）艺人。他给我讲故事、传说，是我的启蒙老师。

我当时很高兴，压力也很大。我看过外国人和国内人演的成吉思汗。因为个头很高大，所以很容易演成空架子，以往很多影视剧中的成吉思汗动不动就吹胡子瞪眼睛。我绝不能重复，我一定要演得有血有肉，活灵活现，必须要有七情六欲。

饰演过程一定是超强度的吧？

从定下来我主演到开拍只有 8 天。我紧张地“恶补”历史，从记忆里搜索那些故事，想象着成吉思汗应该是什么样，每天只睡四五个小时，连续 7 个月，天天如此。而且跨度是如此之大，今天拍 18 岁的，明天拍 50 岁的，化妆就得一个小时。我在剧中还同时扮演成吉思汗的父亲也速该。这样，人物的各种情绪、心态都得考虑。重复别人演过的也不好，要分析、消化，再塑造自我。把当时找到的日本的、俄罗斯的录像带都看了，成吉思汗对母亲的爱，对蒙古民族的爱，保卫部落的决心和意志，都给了我深刻的印象。由于过分紧张劳累，我得了胸膜炎，低烧，只能住院。

每天背台词，找感觉，一方面是紧张，一方面又有巨大的精神支撑——我为出演这样的角色而自豪，我的背后是整个民族，想到这儿就热血沸腾。本来很累，一穿上衣服就进入那个氛围，听到“开拍！”立刻就成为角色中的那个人，拍完了又没劲儿了。

拍电影电视是个苦活儿。没黑没白，赶时间，省费用，没个好身体真不行。拍的时候先看本子，背台词，找人物的感觉。不是按时间顺序拍摄，而是按外景、天气走，今天天气好了，赶紧拍那一场戏。下雨了，就拍室内戏。也不是按年龄段拍，一会儿老年，一会儿中年，你就得突然进入那个人物的那个时段。一晚上琢磨，第二天就拍。片场没有什么娱乐，满脑子成吉思汗，也睡不着，就是背台词，找感觉——语气、声调、手势、体态，都得随着角色走。实在记不住了，对手的词也能给予提示，就接上了。拍成吉思汗时有几个年龄段，后来看样片，衔接得还可以。但能够达到什么程度，当时心里没底。之前演过《魂断钓鱼城》里的蒙哥汗，奠定了基础形象，导演们觉得好，看完样片后从他们的眼神里判断，已经可以了。

您扮演这个角色有哪些优势呢?

从小我就在家里放牧，骑马是我的拿手戏，我有在牧区的生活基础和情感基础。我很小的时候就会骑马，12 岁之前一直在草原上度过，一生下来母亲就抱着我在马背上走。我的家乡还是那样游牧生活，一年搬两次家，汽车、摩托车根本进不去。我的父亲是民间艺人，我从小就跟他转。在内蒙古艺术学校学习时，我系统地练过舞蹈并且在以后的很长时间里在中央军委工程兵文工团里跳舞，有较好的形体和体力基础，喜欢锻炼。小时候喜欢看露天电影，每每听到村里来电影队了，就骑着马去看。在我们牧区，一年最多只能看上两次电影。那时候，每次看电影时我都感到特别好奇，不知道电影是怎么制作出来的，看到大大的白色银幕上有很多真人在表演，觉得很奇怪。当时我就有一个愿望，想当一个电影演员，到银幕里去表演一下。所以我选择了电影制片厂，这样就可以了解许多拍电影的事情。记得我当时跟分配工作的领导说，把我分到电影制片厂吧，只要和影视沾边儿，让我干什么都行。

调进内蒙古电影制片厂时搞剧务，做制片。但我非常喜欢演戏，我就努力跟导演搞好关系，说不管是什么小角色，不管有没有台词我都愿意演。开始的角色基本上只有一两句台词，没有台词就在旁边站一会。后来才演了台词稍微多一点的角色，慢慢引起注意的。

导演觉得我的身上有股霸气，会骑马，又懂蒙古人的生活，尤其在《东归英雄传》等影片里扮演过民族英雄人物，感觉非常好，有一种帝王气，所以就让我演成吉思汗。评论认为我是“蒙古的高仓健，气宇轩昂，血肉丰满，栩栩如生地展现了一代天骄的神采”。

眼神的把握处理是我诠释成吉思汗角色最突出的地方。在剧中我演的成吉思汗没有太多的大幅度的肢体动作，更多的是眼神传达成吉思汗睿智的气概、对亲人的柔情以及面对仇人的复杂心理等。

我的不足是没有上过专业的电影表演课，倘若现在重演，也许提高的空间还很大。我从小学习蒙古文，阅读蒙汉文史料没有问题。当然，有一个稳定、良好的心理状态也是很重要的。

扮演成吉思汗之后，您的生活和工作有变化吗？

由于拍完后就是漫长的审片期，那段时间真难熬，也不知什么样。后来竟然有盗版在流传，很多人看了以后打电话告诉我：太棒了！太好了！后来蒙古国也播了无数遍，他们自己翻译的。一到播的时间，街上就没有人了。有人出差随身带着，反复看。他们说，成吉思汗就是这样的，你给演活了。

台湾地区首先播出，以后各地陆续播出。之后，记者们不知从哪里知道了我们家的电话和手机号，全是赞美的话——太有男人气了！成吉思汗就是这样！然后是大量的信件，我媳妇帮着拆信。在蒙古国，一位 70 多岁的老人给我下跪，我赶快扶起来，他说，我心目中的成吉思汗就是这样。英国有位观众专程来见我并合影。很多来信说：我们重新认识了蒙古民族，认识了成吉思汗。你把历史上的成吉思汗形象化了。后来有专家研究比较，各国拍的成吉思汗电影里，只有中国的这部剧里的形象最被认可。

此后的片约也增加了很多，而且基本上都是扮演帝王、大汗一类的角色。成吉思汗、忽必烈、蒙哥汗等我都演过，迄今为止我演过的十几部电影和几百部电视剧里，大部分是主角。很多专业单位和观众也给了我很多荣誉。蒙古族观众像喜欢大汗那样喜欢我，我感到无上光荣。

《成吉思汗》的播出，对蒙古族人来说像过节一样，蒙古民族有个传统，每到过年过节，大家聚到一块儿就说成吉思汗的故事。我就是听他的故事长大的，当年他打过什么仗，在哪里驻扎过……脑子里一直有他的影子。

这个角色肯定是在您的演艺生涯中具有难以超越的地位，您的体会有哪些呢？

成吉思汗是世界伟人，是政治家，军事家，思想家，他足智多谋，一生波澜壮阔，有着鲜明和复杂的性格，我能演好吗？

出于一种强烈的责任感，我开始大量地读书。先读书后看剧本台词，这个笨办法对我适用。在不熟悉历史和环境之前，即使看剧本也只能是死记硬背。

扮演任何一个历史人物，都有“神似”和“形似”的问题。对成吉思汗这样的人物更是如此。每一个蒙古人从小就形成了他心目中圣祖的形象，不容更改和动摇。否则就说你演得不像。

剧中有一场戏是成吉思汗西征前与母亲告别，他原本不想惊动 80 多岁的老母亲，可母亲却在临行前来了。这是一场重头戏，这十多分钟的戏里我只有一个词：母亲。怎样把对母亲的敬意和对家庭的眷恋之情以及即将远征的复杂心理表达出来呢？我辗转难眠，设计了十几个方案，又都被一一推翻。正式开拍时，我想起了自己出生在新疆，参军在北京，工作在内蒙古，常年与母亲和家人相隔千万里，母亲的牵挂常常让我潸然泪下。带着这种心情，当“我”与“母亲”相见时，战争、离别、留恋、不安，既舍不得走，又不得不远征，也不知何时归来，想到母亲的恩情，挂念，千言万语只化作颤抖哽咽的一句话：母亲……还得控制自己，不能哭。那时候我的母亲已经不在了，想到这里，自己的真实感受与剧中的情感融为一体。

还有一场戏是哭戏，男人之间的，就是要处死安达札木合时。俩人喝酒，第二天就要送走札木合，回想到二人的结拜，幼年的友情，这时的我不是大汗，他不是失败者。现场静静的，两个好演员演对手戏是很出彩的。这场戏一遍就过。

一个角色得到一个民族的认可，是很欣慰的事情。艺术史上也属罕见。不是我怎么样，而是蒙古民族，成吉思汗，给予了我的一切，我永远崇敬。

我现在不轻易接戏，只接与我条件相近的戏。基本上只接50岁以上的戏了——那样省得粘胡子了，粘胡子的感觉难受极了。我只接过一个广告，是成吉思汗酒，其他的商业广告我一律不接。

回到家乡，尽管我不声张，但他们还是知道了，每天轮番宴请，后来我就尽可能地悄悄回。

谈谈您的家庭。

我的夫人萨仁高娃是来自阿拉善的蒙古族，是一位美丽的歌唱演员，我很晚才结婚。1998 年拍《成吉思汗》，第二年我就有了第一个女儿。拍《赤壁》时我有了第二个女儿，两个女儿多才多艺。

在外景地时，我每天给女儿打电话。我的最大遗憾是由于在外拍片，父母亲去世时没能看上最后一眼……

尽管过去有过很多成吉思汗的影视形象，但我们还是记住了巴森。在该剧播出之后的一些美术作品中，成吉思汗的形象明显地与巴森相像，一次看展览时，他的小女儿指着油画说："那是我爸爸。"

巴森主要影视作品

1993 年电影《东归英雄传》中扮演主角阿拉坦桑，塞夫、麦丽丝执导，获第五届中国电影表演学会奖。

1995 年电视剧《魂断钓鱼城》饰演蒙哥汗。

电视连续剧《魂断钓鱼城》（新加坡）中扮演主角蒙哥汗。

1998 年电影《一代天骄成吉思汗》里饰演塔里忽台。

2001 年日本 NHK 电视台电视剧《北条时宗》里饰演忽必烈汗。

2003 年金庸武侠电视剧《射雕英雄传》里饰演成吉思汗。

1998 年电视剧《成吉思汗》里饰演成吉思汗（代表作）。

2005 年在反映成吉思汗陵西迁的电视剧《我的鄂尔多斯》(《成陵西迁》) 里饰演伊克昭盟王爷沙格德尔扎布。

2007 年电影《蒙古王》饰演也速该汗，俄、日、德、韩、中国联合拍摄。

2007 年电影《赤壁》中扮演主角关羽。

2010 电影《圣地额济纳》里饰演塔旺加布王爷，讲述额济纳人民把 5 万平方公里的美丽牧场奉献给国家航天事业的历史故事。

2011 电视剧《步步惊心》饰演苏完瓜尔佳王爷。

2012 年电影《阿尔巴特》(成吉思汗的十个勇士) 饰演阿尔巴特，即成吉思汗的十勇士，也称十夫长。

2013 年历史题材电视剧《建元风云》(后更名为《忽必烈传奇》) 里饰演窝阔台汗。

2015 年电影《狼图腾》里饰演毕力格老人。

2017 年电视剧《忽必烈》中扮演成吉思汗。

电影《特殊囚犯》中扮演主角巴图。

电影《玛吉克和他的儿子》中扮演玛吉克。

电影《白马》中扮演主角戚念冰。

8 集电视连续剧《迎亲马队》中扮演主角桑布。

3 集电视剧《天神不怪罪的人》主演鄂伦春族猎民仁杰汉。

20 集电视连续剧《祥云奈曼》中扮演主角奈曼王。

朝戈、腾格尔、鲍尔吉·原野

三剑客首见记

1957年朝戈出生于呼和浩特。1976年下乡到草原，两年后考入中央美术学院油画系。下乡的两年正是他加强素描训练的时间。1982年毕业后分配到内蒙古师范大学美术系任教。1985年到1987年在中央美术学院进修班学习。也许是他上本科时被老师们看中了。1988年他被调入该院第一工作室任教。这两年是他创作的一个高峰：《蒙古女孩》、《戴眼镜的人》、《极端者》、《大气》、《极》等作品先后参加了各届中国油画展，在加拿大举办的中国艺术节、人体艺术大展等。

此后在香港、台湾、日本、新加坡、俄罗斯、英国、意大利等先后分别举办个人展览。数不清的画册中选入。

80年代初大家都关注乡土题材时朝戈就

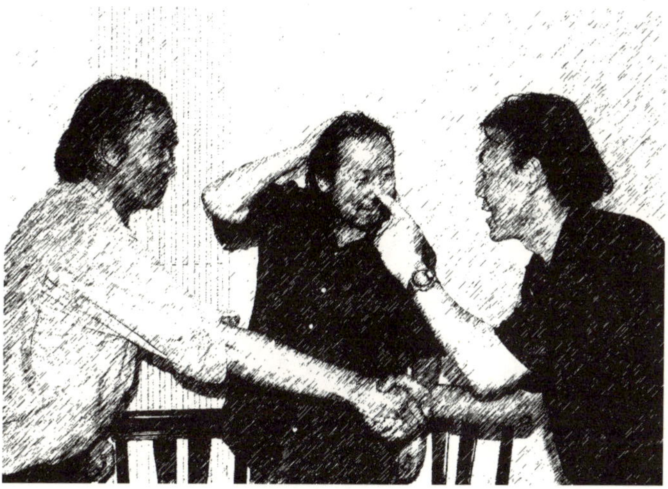

朝戈、腾格尔、鲍尔吉·原野被誉为“艺坛三剑客”，这是2005年我安排他们首次见面并拍摄

画家朝戈、音乐家腾格尔、作家鲍尔吉·原野被称为“草原三剑客”，大概是仿照那部著名的法国文学作品、大仲马的《三剑客》吧？谁最早称呼他们仨已经很难考证了。且不说是文客还是武客，单说这三个人从草原大漠中兴起，在高手林立的艺术家荆丛中杀将出来，直让圈内外肃然起敬齐声叹服这一点来说，就可以称得上是叱咤艺坛的剑客了。而这三位都是蒙古族，又都在艺术界，所以套用这个称呼还算靠谱，姑且叫“中国艺坛草原三剑客”或者说“艺坛蒙古三杰”？甚至应该说这样的艺术家群体崛起是一种现象，就像这个民族的神秘和古老，完全值得研究。

那时鲍尔吉·原野的单位在沈阳，有事才来北京，腾格尔和朝戈虽在北京却也没见过面，三人只是彼此知道而已。碰巧我认识这三个人，并且有意把他们三个拢在一起，把“三剑客”这个名称凿实了，那就等待机会，在我之前没有人这样安排过他们仨在京的“峰会”。终于大家都如愿了，时间是 2005 年 6 月 16 日。这次见面的照片当时没有发表过，只是近几年才发表，这个过程也从没披露过，距今已经过去十多年，他们仨再也没见过，但各自的成果都加厚了，三剑客名副其实。为了记录这次珍贵的会面，我还是说说过程吧。

2005 年 6 月 13 日，我接到鲍尔吉·原野的电话，说他已经在北京了，住在中国作协的宾馆里等着我的消息。我那时在内蒙古的阿尔山市采访，工作已经进行大半，再住两天更好，但没有我，他们三个就见不成，人家个个都是大腕儿，都忙，只有都上心才能办成。我立刻决定第二天从阿尔山市坐汽车到乌兰浩特，300 公里，再从那里坐火车到北京，19 个小时。终于在 6 月 16 日赶到了北京，时间是下午 1 点。

腾格尔的演出多，也最忙，先约他，晚上 6 点半在北京海淀区的满都海餐厅。一向好找的朝戈却找不到了。手机不接，打 10 遍 20 遍仍不接，发短信不回，家里电话无人接……眼看着 4 点了，距 6 点半的晚餐已经很紧了，我还要去中国作协接原野，只有两剑客，算什么“峰会”？最后联系了中国社科院的学者、朝戈的朋友毕奥南，才知他全家都感冒了，他也在医院输液呢。问我能不能晚点去？我说可以，我们先进行着。

已经是 4 点半了，说好要在 5 点到达作协接原野，我从不违约。那个时间应该是下班的高峰了，可能是长生天看我挺辛苦，干脆帮点忙吧，5 点顺利到达。原野中午被作协的领导和哥们儿灌得不轻了，说话的速度明显慢了——他的语速一向很快：“我和秋子在一起呢，马上下来。”冯秋子是优秀的散文作家，正好一块去。我们一路顺风地到达了位于中央民族大学北侧的满都海餐厅，原来这是腾格尔开的饭馆，他经常喝多了就把当时整个餐厅吃饭的都埋单了，不管认不认识，当然最后都赔了。现在是一个鄂尔多斯老乡在经营，离腾格尔所在的中央民族歌舞团只有百米之遥。

这样的约会有象征意义，未必要谈什么，又是第一次，我不希望范围太大，当初我以为腾格尔会吆喝一大帮人——明星的周围总是有一大批人马，但腾格尔一个人朴素着就来了，笑眯眯地十分和善。落座后他一口气点了十几个菜，全然不管其他人是否有什么喜好之类的。少顷，朝戈带着倦容进来了，头发比我在几个月前见他时更花白更长了，“马瘦毛长”——这个“城市游牧者”太操心了。在中央民族大学上学的高娃姑娘帮着斟酒续茶，至此，三剑客已经聚齐，大家显然对互相见面很高兴，寒暄之后就开谈。

众人对腾格尔说，我们看见你在《艺术人生》里做客了，感觉怎么样？答曰：嗨，人家说，把自己的隐私告诉另一个人是傻子，告诉给很多人就是“艺术人生”……他们非要把人弄哭了才算成功，我就觉得没什么可哭的，就是哭也不能在那个地方哭啊。结果他们费了很大劲，又找了两个小孩献歌什么的，把我父母的信也搞来念，结果我没什么反应，他们就觉得很失败，播出时那一段全给删了。

原野喝多了，很激动，反复地拿出手机来要给远在赤峰的父母亲打电话说：“我和腾格尔在一起呢。”无奈这个房间里的信号很弱，甚至没有，原野又不想出来打，这个电话始终就没有打成。腾格尔也顺势犯坏：这个房间他妈的没信号，是谁订的这个破房子——就是他订的房间。

腾格尔说，今天很高兴，我就给大家唱一个《父亲的草原母亲的河》吧。没有电声，没有伴舞，就在羊肉和白酒旁边，就在几个蒙古人之间，腾格尔唱得非常“忧美”——这个词是人们形容原野的散文时用的：“美的，有点淡淡的忧伤。”接着，腾格尔又唱了好几首歌，一会儿是老民歌，一会儿是他创作的新歌。这样近距离地交谈，欣赏，喝酒，大家都很开心。

秋子除了写散文还迷上了跳现代舞，她的作品甚至跳到了欧洲，据说一个作品演出的场次竟达到了 70 多场，所以她还有一篇散文叫《我跳舞，因为我忧伤》，最后她也跳了一段。

朝戈还是一贯的作风，总要讨论一些诸如哲学、民族之类的高深问题。腾格尔没有那个耐心，说："咱们谈点别的吧，比如说女人……"众人哈哈大笑，继续喝酒。终于，输液中的朝戈顶不住了，只能提前回去了，他带来新作《敏感者——一个知识分子画家的叙述》，送给大家并签上了名。腾格尔也打电话叫人送来了他的新专辑《狼》，里面还附有精美的小画册，他一一签上名后送给大家。原野从外地来，身上没带书，应允回去再寄。

席间，还进来了两位彪形大汉——曾经在北京召开的第十一届亚运会上夺取摔跤冠军的呼日嘎和他的同伴，他们是深圳的保安大军，曾经有报纸介绍过，说昔日的冠军们如今在深圳做保安，月收入 5000 元（2005 年）以上。在南方，这样的大汉简直是巨人。他们同样崇拜腾格尔，进来敬酒，但对另两位剑客就鲜知究竟了。

见面是必要的，气氛是热烈的，意义是重大的，照相是必须的。我张罗了半天，最终的留存除了各自心中的记忆，恐怕就是照片了。我带了当时刚出来不久的佳能 20D 数码相机，环境简单，只是个小餐馆，墙上空空如也，只有一幅原伊克昭盟盟长沙格德尔扎布王爷的油画像。三个人坐的距离不利于照相，我又不愿摆布，只好将就着拍了。就照片来说不太理想，但三人的关系通过表情和手势已经很好地交代了，就事件来说是有价值的。三个人各有风格，长发和风度是艺术家的标志，很圆满。今后他们可能还会见面的，但这次肯定是首见。

这三位都是蒙古人，年龄相仿，把他们聚集到一起，谈谈艺术，民族，文化，生活，苦闷，不是挺好吗？之后，我就开始了做书的艰苦过程，进行大量的访谈和整理，已经有了几十万字，至今尚在电脑中。但这个过程是愉悦型的、学习型的。我从他们的谈论中不断感受到智慧的火焰，还有比火焰更炽热的民族情感。它们鼓舞着我在电脑前常常坐至凌晨。

这是三个男人，但从他们的言谈中，会感到一个沉重的“爱”字，不是小桥流水，花前月下，缠缠绵绵，是一种大爱：广博，遥远，苍凉，悲壮。尽管他们三个不是军事家，也没有搏克手般的魁梧，但在内心却是万马奔腾，炽可溶金！我于是被他们感动着，甚至有时也被自己感动着——这个职业让我有幸认识这样一批用嗓音和笔尖呐喊的勇士们，还能记录一些值得入库的历史片段。

朝戈（1957—），出生于呼和浩特市，内蒙古索伦旗（今科右前旗）人，中央美术学院油画系教授，博导，曾任该系副主任。多次在国内外举办大型画展并多次获奖，是当今中国美术界旗帜性人物。专著《中国现代艺术品评丛书——朝戈》《中国素描经典画库——朝戈素描集》《名家精品——朝戈草原风景油画》《名家名画——朝戈作品》《中国当代油画名家个案研究——朝戈》《敏感者——一个知识分子画家的叙述》《站在精神的高地上——朝戈》等。2000—2001 年获西班牙国家奖学金赴马德里原皇家美术学院学习并对欧洲多国进行艺术考察。2006、2017 年应邀在罗马维多利奥诺博物馆两次举办《经典的重生——朝戈作品展》《史诗——朝戈的艺术》，是该馆首位办展的亚洲艺术家。2011 年在中国油画院举办《瞬间与永恒——朝戈艺术三十年》展览。

鲍尔吉·原野（1958—），生于呼和浩特，在赤峰长大，祖籍内蒙古科左后旗。辽宁省公安厅作家，辽宁省作协副主席。出版多部散文集、短篇小说集，长篇小说。主要作品集《草木山河》《银说话》《譬如朝露》《羊的样子》《青草课本》《让高贵与高贵相遇》《原野文库》《原野上的原野》《草言草语》《流水似的走马》等。多次获各类文学奖项如鲁迅文学奖、全国少数民族文学骏马奖，内蒙古自治区文学艺术界突出贡献奖及金质奖章等。父亲那顺德力格尔是翻译家，曾创建昭乌达译书社，翻译大量蒙汉经典著作。女儿鲍尔金娜也是作家。

腾格尔（1960—），内蒙古鄂托克旗人，曾任第十二届全国政协委员、中央民族歌舞团副团长、一级演员、国家环保总局环境大使，全国劳动模范。2004 年获得第一届国家民委“突出贡献专家奖”。集作曲、作词、演唱、组织为一身。先后在内蒙古艺术学校、中国音乐学院、天津音乐学院学习。1993年组建“苍狼”乐队至今。1994年主演由谢飞执导的电影《黑骏马》并担任该片的全部音乐创作和主唱，在第19届蒙特利尔国际电影节上获最佳音乐艺术奖。2011年参演电影《双城计中计》饰演角色石佛。多次在国内外举办个人演唱会。出版作品专辑《故乡的风》《三毛来了》《我热恋的故乡》《蓝色的故乡》《八千里路云和月》《黄就是黄》《戈壁梦》《成吉思汗颂》《黑骏马》《出走》《爱》《家园》《在那银色的月光下》《腾格尔与苍狼乐队》《苏里格》《狼》《云中的月亮》《天与地》《梦》《桃花源》《跨越·新天堂》（英汉双语专辑）。MTV有《天堂》《蒙古人》《苍狼大地》《嘎达梅林》《爱你的日子》《父亲和我》《马兰花》，交响诗《席尼喇嘛》等。

后记

加入中国作家协会的好处是有机会向作家们学习，用文学的思维和视角观察社会生活，这对我是一种必要的训练，也是打开了另一扇宽大的窗户。这本纪实散文集就是一份作业，有别于我以往的新闻、摄影的思维定势，是关于游牧民族当代人物的文学化呈现。名曰“纪实散文”，好比房子外形是文学的，一砖一瓦却是纪实的。这是我常用的表达方式，哪怕相貌差一点，材料是实惠的。

这里写的文艺界人物是我陆续采访过的，包括他们本人或直系亲属，以21位蒙古族人物为架构，实际只是优秀人物群体之一角。有些文章发表过，有些是新的。但是现在拿出来，便有了今天的视角、新鲜的补充和重组的措词，在这个意义上讲，都是新的。尤其是遇到了好的编辑、好的设计，无疑是作者的福音。民族出版社欧光明主任严格把关；宝贵敏担任策划和责编，阿依努尔认真审稿；画家、设计家吾要多次帮我设计封面等。还有多年来支持我、关注我的朋友们都是要感谢的。我的亲人们为我付出了很多。

每个优秀人物就是一所好学校，用几个小时或几次拜访的时间游历他们的人生，汲取养分，记录下来，不仅是我工作之便的精神福利，更是时代、民族、国家前进的折射。每个个体优秀了，整体必然更甚。看当今社会发展之飞速，虽应接不暇，却充满欣慰。

巴义尔

2021 年

作者简介

巴义尔，蒙古族，1957 年生于北京，内蒙古科左中旗人。

《民族画报》原编委、蒙古文版编辑部原主任，高级记者。中国作家协会会员，中国摄影家协会会员（1991—2002 年为理事）。2006 年获中国摄影家协会授予的“突出贡献摄影工作者”称号。2015 年获中国期刊协会颁发的“从事期刊出版工作 30 年”荣誉证章证书。2016 年获国务院颁发的“政府特殊津贴”。迄今已发表文字类作品逾 400 万字和上万幅图片。有数百组专题摄影报道发表，其中多组获业内奖项并被转载、翻译。2018 年 6 月 16 日中国人民大学国学院、中国蒙古史学会联合主办《巴义尔蒙古写意——游牧文明的视觉化表达学术研讨会》。2019 年《呼伦贝尔摄影》杂志第 46 期出版专辑《巴义尔摄影 40 年》（1979—2019）。

专著：

1.《蒙古写意——当代人物卷一》，1998 年，图文书，民族出版社。
2.《蒙古写意——当代人物卷二》，2001 年，图文书，民族出版社。
3.《蒙古写意——当代人物卷三》，2007 年，图文书，民族出版社。
4.《蒙古写意——当代人物卷四》，2014 年，图文书，民族出版社。
5.《蒙古写意 · 人物卷——陈志农画说老北京》，图文书，合编，民族出版社，2003 年。
6.《蒙古摇篮——额尔古纳》，2005 年，图文书，民族出版社，列入当年中宣部、文化部、新闻出版总署等 9 部委实施的《知识工程——中华全民读书活动》推荐书目。

7.《烙刻——记忆中的影像》，图文书，2006 年，作家出版社，2011 年经《像素》杂志评选，列入“中国摄影史上最值得收藏和阅读的 40 本书”之一。

8.《永远的骑兵》，2007 年，图文书，民族出版社，列入新闻出版总署纪念中国人民解放军建军 80 周年重点图书。

9.《呼伦贝尔大草原》，图文书，中央民族大学出版社，2010 年。

10.《满洲里》，图文书，中央民族大学出版社，2011 年。

11.《蒙地色彩》，摄影画册，486 页，中国民族摄影艺术出版社，2011 年。

12.《游牧色彩》，摄影画册，708 页，中央民族大学出版社，2015 年。

13.《纸媒贵族》，图文书，中国民族摄影艺术出版社，2015 年。

14.《蒙古人们》，摄影画册，中国民族摄影艺术出版社，2015 年。

15.《游牧精神》，图文书，辽宁民族出版社，2016 年。

16.《北京那达慕 35 年》，主编，摄影画册，北京那达慕组委会，2016 年。

17.《北京那达慕 40 年》，《呼伦贝尔摄影》杂志特刊，400 页摄影画册，2020 年。

18.《民族画报〈蒙古文版〉》画册，主编，民族画报社，2017 年。

19.《写意草原》，摄影画册，内蒙古文化出版社，2017 年。

20.《科尔沁》，图文书，中央民族大学出版社，2017 年。

21.《专题摄影十法》，图文书，中国民族摄影艺术出版社，2018 年。

22.《蒙古人马情》，图文书，内蒙古文化出版社，2019 年。

23.《那达慕》，图文书，内蒙古人民出版社，2019 年。

24.《人物摄影十法》，图文书，504 页，内蒙古文化出版社，2020 年。同年获第二十二届北方优秀文艺图书奖一等奖。

■25.《蒙地写意》，散文集，民族出版社，2021 年。

图书在版编目（CIP）数据

蒙地写意 / 巴义尔著. — 北京：民族出版社，2020.12

ISBN 978-7-105-16322-9

Ⅰ. ①蒙… Ⅱ. ①巴… Ⅲ. ①散文集－中国－当代
Ⅳ. ① I267

中国版本图书馆 CIP 数据核字（2021）第 016340 号

蒙地写意

策划编辑：宝贵敏
责任编辑：宝贵敏　阿依努尔
封面设计：吾要
出版发行：民族出版社
地　　址：北京市东城区和平里北街 14 号
邮　　编：100013
电　　话：010－64228001（汉文编辑二室）
　　　　　010－64224782（发行部）
网　　址：http://www.mzpub.com
印　　刷：北京艺辉印刷有限公司
经　　销：各地新华书店
版　　次：2021 年 4 月第 1 版　2021 年 4 月北京第 1 次印刷
开　　本：880 毫米 ×1230 毫米　1/32
字　　数：210 千字
印　　张：9.75
定　　价：50.00 元
书　　号：ISBN 978-7-105-16322-9/I · 3096（汉 2888）